# 唐诗·宋词·元曲

第二册

史晓东 编译

# 早秋

许浑

**遥夜泛清瑟①，西风生翠萝。残萤栖玉露，早雁拂金河②。高树晓还密，远山晴更多。淮南一叶下，自觉洞庭波。**

【注释】

①遥夜：长夜。瑟：弦乐器，似琴。②金河：秋日夜空中的银河。

【赏析】

本诗描写初秋山野高远淡雅的景色。前四句写初秋夜色，后四句写初秋昼景，全诗抒写了淡淡的愁情。

诗人在描摹秋色时，注重高低远近的层次，落笔有致且逻辑清晰。首联写景抒情，写诗人一整夜都听见瑟瑟的秋风声。秋风是秋天的使者，它在一条条高悬的藤弦间轻轻掠过，奏出了清脆悦耳的音调，令人心感愉悦。一个『翠』字，让人在瑟瑟的秋风中感到无限的生机。由此可以看出，诗人在首联刻意避免渲染悲秋的气氛，力图带给读者一份新鲜的快意。颔联展示了一片秋色秋声。玉露、虫、大雁都是秋天的典型景物，因而具有很强的说服力和感染力。此外，银河变成了金河，也是秋色所致。一个『残』字，透出秋的萧瑟，给人以秋愁的暗示。颈联、尾联四句清晰地描绘出一幅早秋清晨图。颈联中，诗人选择了辽远的山与高大的树来展现秋晨美景，将读者的思绪从因上一句而产生的淡淡秋愁中拉回到秋高气爽的意境中。这一联也为最后一联的抒情做铺垫。尾联乃点睛之笔，深化了本诗的主题，表达了诗人对早秋深深的喜爱之情。本来无甚感情色彩的早秋景观，因为这一句，就充满了浓重的浪漫主义色彩。在『高树晓还密，远山晴更多』的佳境中，竟然有『淮南一叶下』。它为何而下？自然是因为受到了『洞庭波』的召唤。『洞庭波』典出屈原《九歌·湘夫人》中『袅袅兮秋风，洞庭波兮木叶下』之句。

『洞庭波』与『木叶下』本都是秋风所致，况且淮南与洞庭千里相隔，诗人在此却抛开花草，用『自觉洞庭波』来解释『淮南一叶下』，可谓别出心裁，浪漫至极，能令读者感受到一种动人心魄的魅力。本诗通篇写秋景，诗人的描写层次清晰，渐入佳境，充满新奇与浪漫的色彩。同时，颔联和颈联结构严密、对仗工整，可谓天衣无缝。

## 蝉

李商隐

**本以高难饱，徒劳恨费声①。五更疏欲断，一树碧无情。薄宦梗犹泛②，故园芜已平③。烦君最相警④，我亦举家清。**

【注释】

①本以两句：古人认为蝉是餐风饮露的，故此处说它栖于高树而难得一饱，纵然作怨恨之声也是枉然。

②薄宦：官卑职微。梗（gěng）犹泛：形容自己漂泊不定的生活就好像树梗浮于水面。③芜：荒草。④君：指蝉。

【赏析】

它居住在高高的树上，本就难得腹中充实，却还整天费尽气力地长鸣不停。长长的夏日里，它一直要鸣叫到五更时分，直到声嘶力竭。然而日夜哀鸣并不曾改变了什么，连栖身的大树也依然是青翠如故，丝毫不为所动。作者笔下的蝉实际上是他自身的写照，蝉的哀鸣正如他在困境中的痛苦呻吟，而那毫不动情的树木则代表着冷漠世情。诗的末联是作者对蝉的寄语：真是烦劳你常常用鸣声来提醒我，其实我和你一样，也是洁身自好，举家清贫。

## 风雨

李商隐

**凄凉宝剑篇①，羁泊欲穷年②。黄叶仍风雨，青楼自管弦③。新知遭薄俗④，旧好隔良缘⑤。心断新丰酒，销愁又几千⑥。**

【注释】

①宝剑篇：武则天召见唐将郭震，索其文章，郭震呈上明志之作《宝剑篇》，并因此而得到重用。②羁（jī）泊：漂泊无定。穷年：终年。③青楼：指富家的高楼，古时富贵人家的楼阁常为青色。④新知：新交的知己。遭薄俗：指为浅薄的世俗所指责诋毁。⑤隔良缘：指缘分渐浅渐尽。⑥几千：几千文，指酒资。

【赏析】

诗人也曾胸怀大志，却没有郭震向皇帝呈上《宝剑篇》而得到重用那样幸运，只能在漂泊生涯中度过了一年又一年，面对着达官显贵们不停享乐的笙歌管弦，他觉得自己犹如一片凋残的黄叶，在凄风苦雨中挣扎。新结识的知己多遭到世俗的诋毁，旧日的好友也与自己日渐疏远，想要暂时忘掉挫折烦恼，怕是只有以新丰美酒浇之。用几千钱的酒消愁，是酒贵还是愁多？

## 落花

李商隐

高阁客竟去，小园花乱飞。参差连曲陌①，迢递送斜晖②。肠断未忍扫，眼穿仍欲归。芳心向春尽，所得是沾衣。

【注释】

①参差：指落花堆叠不平的样子。曲陌：曲折的小路。②迢递：远远地。

【赏析】

李商隐作诗，一向以善于用典、精于藻饰闻名。但他也有用语质朴、风格淡雅的佳作，本诗就是其中之一。本诗为咏物诗，作于唐武宗会昌六年（846年），当时诗人为母守孝，正闲居永业，又因陷入牛李党争之中，处境艰难，因此心绪不宁。他忧愁怨恨的心情在本诗中即有所表露。诗人借咏落花的飘零，抒写自己身世之感，抒发自己一生失意的幽怨之情。全诗忧郁悲凉，曲折深婉。

首联上句叙事，下句写景。客人们陆续离开，人去楼空，满园静寂，诗人才注意到四散的落花，顿生同病相怜之心，寂寞惆怅的愁绪也涌上了心头。因本诗人描写落花，实际是为了引出本诗的主旨——愁思。

颔联从多种角度描写落花的情状。上句从空间入手：落花在空中飞舞，参差的花枝连着弯曲的小路；下句从时间着眼：落花绵绵不断，无休无止。对『斜晖』的点染，折射出诗人内心的不安。整个画面色调黯淡，充满了沉重感，流露出一种悲伤的情绪。颈联，诗人直抒胸臆。『肠断未忍扫』：诗人肝肠寸断也不忍心清扫落花，这并不是一般的惜花之情，而是一种复杂的、难以言表的情绪。诗人以花自比，望花自伤，自然就难以将落花彻底扫为垃圾尘土。而『眼穿仍欲归』一句表露出诗人的痴心与坚定。尾联意蕴深藏：

花朵用自己短暂而绚烂的一生装点了春天，最后却落得凋残、衰败的下场；诗人满怀抱负，却一生坎坷、屡屡碰壁，结局也是凄凉悲苦、令人同情。

全诗语言清淡疏朗，诗人咏物伤己，以物喻己，感伤无尽。

## 送人东游

温庭筠

**荒戍落黄叶①，浩然离故关②。高风汉阳渡③，初日郢门山④。江上几人在，天涯孤棹还⑤。何当重相见⑥，樽酒慰离颜。**

【注释】

①荒戍：荒废的防地营垒。②故关：旧时的关塞。③汉阳渡：在今湖北武汉。④郢门山：在今湖北宜都。⑤棹（zhào）：舟楫。⑥何当：何时。

【赏析】

本诗大约是诗人宣宗大中十三年（859年）被贬随县之后，懿宗咸通三年（862年）自江陵东下之前创作的。在这首诗中，诗人想象了友人的一路跋涉，盼望着日后重逢，抒写了与友人离别的感伤，表达了对友人的真挚情谊。全诗意境高阔，格调雄浑。

首联围绕送别主题，寓情于景。首句『荒戍落黄叶』通过景物描写，点出时令和地点。『浩然离故关』一句则确立了本诗的感情基调。地依荒野故关，时逢萧索深秋，这样的时地与友人话别，惜别之情应当难以抑制。可是第二句起笔令人意想不到，诗人没有悲秋，没有写惜别之情，而是写友人远行时胸中浩然。

在这里，壮美的景物与柔美的情感融合在一起，产生了很好的艺术效果。颔联采用互文的手法，说明别离之时在早上。汉阳渡、郢门山两地相距千里，当然不会尽收眼底。诗人意在综述楚地山水，表现宏阔伟丽的景象。颈联两句写诗人联想到故人东行，江东的亲戚友人苦候的图景。诗人早年常在江淮地区游历，结识了不少友人。在这里，诗人既希望这位东行的友人一路顺风，又吐露了自己对江东故交的思念。尾联写诗人的感慨：何时我们才能再次相见呢？还是举杯畅饮忘却离愁别绪吧。这两句使惜别之情更加突显。诗人构思奇特，描秋景而不伤秋，写离别而不纵悲。全诗结构宏阔，是送别诗中的上乘之作。

## 灞上秋居①

马戴

灞原风雨定，晚见雁行频。落叶他乡树，寒灯独夜人。空园白露滴，孤壁野僧邻。寄卧郊扉久②，何年致此身③。

【注释】

①灞上：即霸陵今陕西西安市东，因地处灞水之西的高原上而得名。②郊扉：郊居。③致此身：为国出力。

【赏析】

这是一首写景抒情诗。诗人融情于景，通过对灞上萧瑟秋景的描绘，表现了客居异乡的孤独与凄清，抒发了怀才不遇、壮志难酬的感慨。

首联写灞上萧瑟的秋气：秋风秋雨初定，在暮霭沉沉的天际，雁群频飞。一个『频』字，既道出了雁群之多，也让人联想到了雁儿匆忙投宿的栖遑之状。在古代诗词中，『雁回』与明月一样，最易惹乡思。颔联继续写景，不过视角由天际转向了地面，由晚行雁转向了『独夜人』。『落叶他乡树』一句含义深远。民间有句俗语，『树高千丈，叶落归根』。诗人在他乡目睹落叶，很自然地想到了自己客居异乡的悲凉，因此深受触动。何时才能回归故里呢？诗人无数次自问，也没有答案，只能将心中的凄凉渗透到诗句的字里行间。『寒灯独夜人』一句，一个『寒』字，一个『独』字，写尽了客居他乡的悲伤孤独。试想，夜已深沉，一灯如豆，孤独的诗人独坐灯旁，若有所思。寒意渐渐袭来，烛光更显黯淡，诗人心中的凄苦也更深切。『寒灯』使夜显得更加漫长。『独坐』则更让诗人感到逼人的寒意。

颈联还是写景，视角又从地面转向了空园，由『他乡树』转到了『白露滴』，由『独夜人』转向了『野僧邻』。『空园白露滴』一句，露珠缓缓滴在枯叶上发出了声音，虽然微弱，却很清晰。此时更深露重，万籁俱寂，连秋虫都已不再鸣叫。诗人特意巧妙运用以动衬静的手法，以一个『滴』字，写尽了秋声，比写完全无声更能体现环境的静谧。『孤壁』句同样用衬托的手法，诗人明明想写自己孑然一身，孤立无援，却说自己还有一个邻居，而这个邻居竟是一个出尘脱俗、不慕凡尘的僧人。有这样的邻居，更显诗人的孤单与落寞。尾联，诗人直抒胸臆，抒发怀才不遇、进身渺茫之感慨。诗人以求仕为目的到了长安，在灞上客居多日，始终未找到进身之法，所以在此直言怀才不遇的苦闷和前途渺茫的失落。本诗题材在唐诗中很是常见，但是写景都为眼前所见，不事雕琢；写情情真意切，绝不无病呻吟，因此能够不落俗套，表现出极大的艺术魅力。

## 楚江怀古①

马戴

露气寒光集，微阳下楚丘②。猿啼洞庭树，人在木兰舟③。广泽生明月④，苍山夹乱流。云中君不见，竟夕自悲秋。

【注释】

①楚江：此指湘江。②微阳：微弱的日光。楚丘：指湘江两岸的山丘。③木兰舟：木兰树所制的小舟。④广泽：广阔的水泽。

【赏析】

唐宣宗大中初年（847年），原在山西太原幕府掌书记的马戴，因直言被贬为龙阳（今湖南汉寿）尉。从北方来到江南，徘徊在洞庭湖畔和湘江之滨，马戴触景生情，追慕前贤，感怀身世，写下了《楚江怀古》五律三篇。这里所选录的是其中的第一首。诗人描写了洞庭湖的风景，通过对屈原的凭吊，抒发了欣羡屈原的情怀，表达了苦闷忧伤的心境。全诗含蓄深沉，苍凉雄浑。楚江，这里指湘江。

首联写景，先点明薄暮时分，江上雾气初生，露气迷茫，寒意侵人，夕阳西下，渐逼楚山。这种萧瑟清冷的秋暮景色，隐约透露出诗人悲凉的心境。

颔联继续写景，上句写物，入耳的是阵阵的猿鸣，入目的是洞庭湖边的秋树；下句写人，也就是诗人自己，驾一条木兰舟，漂流在江上。这不禁让人想起了屈原的诗歌：『袅袅兮秋风，洞庭波兮木叶下』（《楚辞·九歌·湘夫人》），『船容与而不进兮，淹回水而凝滞』（《涉江》）。诗人泛舟湘江上，对景怀人，想到屈原。

颈联两句分别从水、山两个角度写夜景，黄昏已尽，一轮明月从广阔的洞庭湖上升起，深苍的山峦间夹泻着汩汩而下的乱流。"一切景语，皆情语也"，"广泽生明月"的阔大和静谧，曲折，反映出诗人远谪的孤单落寞；"苍山夹乱流"的迷乱，正好反映出诗人内心深处的彷徨。

尾联才点出"怀古"的主旨，以悲愁作结。诗人俯仰于楚江天地间，不禁想起了楚地古老的传说和屈原《九歌》中的云中君。"不见"与"自"相呼应；"悲秋"二字点明孤独悲愁之意，同时在时间和节候上与开篇相呼应，使全诗在错综变化中呈现出和谐完整之美。

全诗借景抒怀，清丽婉约，情真意切。

## 书边事

张乔

**调角断清秋①，征人倚戍楼②。春风对青冢③，白日落梁州④。大漠无兵阻，穷边有客游⑤。蕃情似此水，长愿向南流。**

【注释】

①调角：吹角。断：停止。②戍楼：防地的城楼。③青冢（zhǒng）：指昭君墓。④梁州：指凉州，唐时凉州为边塞之地。⑤穷边：绝远的边地。

【赏析】

这是一首描写唐朝西北边塞和平景象的诗。唐肃宗之后，吐蕃占领了唐朝疆域河西、陇右一带。宣宗大中五年（851年），沙州张议潮带领民众出兵起义，收复了瓜、伊、西、甘、肃、兰、鄯、河、岷、廓十州后，又派人将沙、瓜等十一州地图上呈朝廷。宣宗大喜，任命张议潮为归义军节度使。大中十一年（1857年），吐蕃降唐。从此，唐朝西部边塞地区才再次出现和平安定的局面。本诗正是写于上述情况之后，写诗人游历边塞的所见所闻以及亲身感受。

首联写戍边将士安宁的军旅生活。『调角断清秋，征人倚戍楼』：清秋的边地听不到号角的声响，征人悠闲地倚着哨楼向远处眺望。颔联『春风对青冢，白日落梁州』二句，写边塞的景色。『春风』，不是实指，而是虚写；『青冢』，是汉代昭君墓。颈联『大漠无兵阻，穷边有客游』，写出边塞的辽阔与和平。尾联是诗人对民族团结的良好祝愿，寓意高阔而深远。

## 除夜书怀

崔涂

**迢递三巴路①，羁危万里身②。乱山残雪夜，孤烛异乡人。渐与骨肉远，转于僮仆亲。那堪正飘泊，明日岁华新③。**

【注释】

①三巴：指巴郡、巴东、巴西，都在今四川东部。②羁危：指漂泊于三巴的艰险之地。③岁华新：又是新的一年。

【赏析】

本诗为怀乡之诗，诗人崔涂，字礼山，唐僖宗光启四年（888年）进士。『工诗，深造理窟，端能竦动人意，写景状怀，往往宣陶肺腑。亦穷年羁旅，壮岁上巴蜀，老大游陇山。家寄江南，每多离怨之作。』（《唐才子传》）本诗写阴历年三十夜的感慨，为诗人身居异乡除夕夜怀乡之诗，系诗人客居四川时的作品。诗中描写除夕夜，诗人在异乡生活的寂寞凄凉，抒发了诗人漂泊流离的辛酸和失意坎坷的愁苦以及对家乡的深切思念之情。

『迢递三巴路，羁危万里身』一联写游子离乡的遥远，意境高远，气象阔大，并不给人以萧瑟的感觉。『迢递』『羁危』等用词精练、准确。

『乱山残雪夜，孤烛异乡人』一联写四川除夕夜的特点，诗人真切地描摹出当时当地的景色：在乱山丛中，冬尽雪残，一丝微弱的烛光。『渐与骨肉远，转于僮仆亲』一联写游子孤身在外，骨肉亲人遥不可及，故而感到身边的童子仆人也很亲近，这种写法更真切地表现了游子思乡之情切。此句系从王维《宿郑州》：『他乡绝俦侣，孤案亲僮仆』化出。这两句作为『万里身』『异乡人』的深绘，更加悲恻感人。

『那堪正飘泊，明日岁华新』一联则写，游子寄希望于明年，祈求不再漂泊流离。此联顺理成章，真切自然。全诗意境苍凉，语言清丽，含蓄隽永，抒写游子怀乡思亲之情，真挚细腻，感人至深。

## 春宫怨

杜荀鹤

**早被婵娟误①，欲妆临镜慵②。承恩不在貌，教妾若为容③？风暖鸟声碎④，日高花影重。年年越溪女⑤，相忆采芙蓉。**

【注释】

①婵娟：形态美好。②妆：梳妆。慵：慵懒。③若为容：如何修饰容貌。④鸟声碎：鸟声嘈杂。⑤越

溪女：指西施浣纱时的女伴。

【赏析】

年纪还不大的时候，她就为自己的美丽所耽误，被选入了孤寂的深宫。每天晨妆时，她临镜而坐却慵懒无心。皇宫中承恩得宠的规则啊，并不在于人的美貌，她总是疑惑不解，所以发出了『教我打扮又有何用』的反问。春风正暖，鸟语清脆而嘈杂，随着太阳慢慢升高，花木投下重重影子。在这美好的春天，她独自度日，一遍又一遍地回忆着和女伴们一起采莲浣纱的快乐时光。

## 章台夜思①

韦庄

**清瑟怨遥夜，绕弦风雨哀。孤灯闻楚角②，残月下章台。芳草已云暮，故人殊未来③。乡书不可寄④，秋雁又南回。**

【注释】

①章台：章华台，在长安中。②楚角：楚地的号角声。③殊：绝。④乡书：指家书。

【赏析】

这是一首怀人思乡之作，大概是寄给越中家属的。全诗先描绘了一幅凄清的晚秋夜景图，然后写故人情，相思恨，寄寓感慨，感人至深。

诗以『夜思』为题，首联却不写思，而写秋夜之所闻、所见，借清瑟写怀。瑟是古代的一种弹拨乐器，其声悲怨。古诗中，瑟是一个常见意象，多与悲相联系。这两句诗托伤情于瑟曲，凄婉动人。一个『怨』字，一个『哀』字，突出愁思怨恨，为全诗奠定感情基调。

颔联继续写秋夜之所闻、所见。诗人用『孤灯』『楚角』『残月』『章台』等意象加以渲染，突出『夜思』之苦。上句写诗人独坐孤灯下，又闻苍凉悲切的『楚角』声。下句未述闻之所感，径直以实景烘托，一钩残月即将西沉。诗人望月起相思，月却是残月，更添几许凄凉。『章台』是唐诗中通用的意象，原为汉代京城长安街道名，街多柳树，唐时称『章台柳』。这两句借景写情，写尽寄居他乡之孤独、悲凉。

颈联点题，揭示思的内容：芳草已暮，韶华已逝，故人未来。诗人用『芳草已云暮』起兴，衬托他的守候之苦。『云暮』，即『迟暮』之意。芳草绿了，又枯了；而故人依然久久未来，可见诗人的失落与怅惘。『芳草』亦是唐诗常见意象，多指代春天，或象征美好的青春等。韦庄诗常用『芳草』喻指美好时光之难永驻。『已』『殊』两字形成鲜明对照，表达了诗人望穿秋水而不得的失落。

尾联承『故人』句递进一层，揭示诗人的思乡之苦。『殊未来』，长期不知『故人』音讯，于是诗人想到了写家书。可是山长水远，『乡书不可寄』，这就更添几分悲苦。末句以景语作结，点明当时正值清秋时节，更令人愁思不断。一个『又』字，说明这样的日子，诗人已过了多年，可是身不由己、无可奈何。这一联将悲情推向了一个新的高潮。

全诗一气可成，感情真挚，幽怨清晰，感人至深。

## 寻陆鸿渐不遇

僧皎然

移家虽带郭①，野径入桑麻。近种篱边菊，秋来未著花②。扣门无犬吠，欲去问西家③。报道山中去④，归来每日斜。

【注释】

①移家：迁居。带：近。②著花：开花。③西家：西边的邻居。④报道：回答说。

【赏析】

这首诗是陆羽迁居后，皎然过访新居不遇所作。皎然，俗姓谢，字清昼，湖州长城下山（今浙江长兴）人，中唐著名诗僧。陆鸿渐，即陆羽，字鸿渐，竟陵（今湖北天门市）人，曾授太子文学，不就。后隐居，著有《茶经》，后人尊为『茶神』。诗人去访问友人没有遇到，便描写了友人新居周围的景色和隐者生活的自在闲逸，抒写了诗人对隐逸生活的向往。此外，本诗还将陆羽疏放不俗的形象刻画得入木三分。全诗有乘兴而来，兴尽而返的情趣，语言淳朴自然，清新流畅，充满诗情画意，优美和谐。近人俞陛云曾评价道：『此诗之潇洒出尘，有在章句外者，非务为高调也。』

首联和颔联写陆羽新居之景，有『陶氏田园』之韵。陆羽新居虽离城不远，但很幽静，一条小径，桑麻遮道，通往深处。虽然秋天已到，篱笆两边新种的菊花却还未开花。这几句诗平淡清新，点出诗人造访陆羽的时间为风高气爽的秋季。两联一为承接，一为转折；一为正用，一为反用，一反一正都表现了环境的幽僻。

颈联和尾联写诗人寻人不遇的情况。诗人来到了门前，敲门，不但无人应答，连犬吠的声音都没有。这时诗人满怀不舍，不忍离去，于是他决定问一问西边的邻居。邻人答道：陆羽往山中去了，经常要到太阳西下的时候才回来。这与贾岛《寻隐者不遇》中『只在此山中，云深不知处』的诗句有异曲同工之妙。『每日斜』的『每』字，活脱地勾画出西邻说话时（对陆羽整天流连山水）迷惑不解的神态。诗人写『问西家』，一方面表明对陆羽的思慕和相访不遇的惆怅；另一方面则借西家之口，从侧面烘托出陆羽不以尘事为念、高蹈尘外的逸士襟怀和风度。

本诗用语空灵、韵味悠长，前两联写陆羽隐居之处的景色，后两联写诗人访友不遇的情形。诗人鲜少在陆羽身上着墨，但本意还是为了吟咏陆羽。幽僻的住所，遍地的菊花，无犬吠的门户，西邻的描述，都从侧面反映出陆羽淡泊宁静、乐居山野的性情。至此，虽无一字写隐士，但一个超尘绝俗的隐士形象仿佛已出现在读者眼前。

# 七言律诗

## 黄鹤楼

崔颢

昔人已乘黄鹤去①，此地空余黄鹤楼。黄鹤一去不复返，白云千载空悠悠。晴川历历汉阳树②，芳草萋萋鹦鹉洲③。日暮乡关何处是④，烟波江上使人愁。

【注释】

①昔人：指传说中的仙人。②历历：景物清晰分明的样子。汉阳：在湖北武汉。③鹦鹉洲：在今武汉市西南长江中，相传因东汉祢衡在此作《鹦鹉赋》而得名。④乡关：家乡。

【赏析】

这首诗是吊古怀乡之佳作。诗人登临黄鹤楼，览眼前景物，即景生情，诗兴大发，脱口而出，一泻千里，写成了本诗。本诗既自然宏丽，又饶有风骨，成为历代所推崇的珍品。诗虽不协律，但音节嘹亮而不拗口。传说李白登此楼，目睹本诗，大为折服。说：『眼前有景道不得，崔颢题诗在上头。』这个传说可能是后人附会，未必真有其事。然而李白确曾两次作诗拟本诗格调。其《鹦鹉洲》诗前四句说：『鹦鹉东过吴江水，江上洲传鹦鹉名。鹦鹉西飞陇山去，芳洲之树何青青。』与崔诗如出一辙。

黄鹤楼因其所在之武昌黄鹤山（又名蛇山）而得名。传说古代仙人子安乘黄鹤过此（见《齐谐记》）；又传说费文伟登仙驾鹤于此（见《太平寰宇记》）。本诗就是从楼名之由来写起，借传说落笔，然后生发开去。仙人跨鹤，本属虚无，本诗却偏偏『以无作有』，写出了岁月不再，古人不见，白云苍狗，世事茫茫的高渺境界。

诗的前四句就楼名来历起兴，写到人、鹤俱去，空留此楼；而黄鹤一去不复返，只剩得白云空在。诗人言语中对此楼的今昔变化感慨不已。前人有『文以气主说』，这四句用散文的句法，连贯直下，冲破了格律的束缚。虽然接连用三个『黄鹤』，却因气势恢宏、语调激昂，而使读者心情迫切地读下去，无暇挑剔。其实诗人这样做，已经触犯了格律诗的大忌，七律要求『前有浮声（平声），后须切响（仄声）』，本诗一、二句，第五、六字都是『黄鹤』；第三句几乎全用仄声；第四句又用『空悠悠』这样的三平调（诗句中最后三个字都是平声字就叫作三平调，这是格律诗的大忌，是绝不允许出现的）作结；同时这四句仿佛完全没有考虑到对仗，所用皆为古体诗的句法。这是因为当时七律诗尚未成型吗？当然不是。崔颢自己就写过严格遵守格律的七律。那么是诗人故意违背七律的规范吗？这样说似乎也不妥。那他是想象与他同时代的诗人杜甫一样，自创别调吗？这个猜测也无从考证。看来这个问题，只能引用《红楼梦》中的一句话来解答了，林黛玉教香菱作诗时曾说：『若是果有了奇句，连平仄虚实不对都使得的。』崔颢在此，就是本着『诗以立意』『不以词害意』的原则，妙笔生花，写出了这首七律中的奇葩。后四句实写诗人登楼北望的所见所想。诗人的视线由远而近，先是触及江北汉阳历历可辨的树木，接着看到了鹦鹉洲头的芳草。而近看楼下，大江之上烟波一道，江空暮色苍茫，雾霭遮断归乡之路，这些自然使他忧愁顿生。

本诗首联、颔联与颈联、尾联看似断成两截，其实文势是从开头一直贯穿到结尾的。从律诗的起、承、转、合上来说，这种似断实续的衔接，也是很值得称道的。元代学者杨载在《诗法家数》中论律诗颔联时说：『此联要接破题（首联），要如骊龙之珠，抱而不脱。』本诗就做到了这一点。首联叙述了仙人乘鹤离去的传说，颔联紧承首联，说黄鹤飞去后再也没有回来。两联结合紧密，可谓浑然一体。在论律诗颈联时，杨载说：『与前联之意相避，要变化，如疾雷破山，观者惊愕。』就是说颈联不应承接颔联之意，而应求变、求奇，出人意料。本诗可以说做到了这一点。前两联未能遵守格律，于是第三联由变归正，转而遵守格律，境界也截然不同。此外，首联和颔联叙仙人驾鹤飘然远去，给人以虚无缥缈的感觉；颈联则忽现晴川、树木、芳草、汀州，所有景象都历历在目。这样一转折、一对比，尾联中诗人登高远眺的愁绪就更加容易让人理解了，也使得文势波澜起伏，扣人心弦。并且『烟波江上使人愁』一句再次将诗歌带到了虚无缥缈的境界，如豹尾绕额，很好地照应了开头，也很符合律诗的规范。

本诗在艺术手法上达到了炉火纯青的境界，历来被人们推为题黄鹤楼的绝唱。清代著名诗人沈德潜在《唐诗别裁》中曾评价本诗说：『意得象先，神行语外，纵笔写去，遂擅千古之奇。』可以说是至为精当。

## 行经华阴

崔颢

岧峣太华俯咸京①，天外三峰削不成②。武帝祠前云欲散③，仙人掌上雨初晴④。河山北枕秦关险⑤，驿路西连汉畤平⑥。借问路旁名利客，何如此地学长生。

【注释】

①岧（tiáo）峣（yáo）：高峻貌。太华：指华山。咸京：本指秦都咸阳，这里借指长安。②三峰：指华山之莲花、明星、玉女三峰。削不成：指非人力所能成形。③武帝祠：指巨灵祠，汉武帝华山登顶后建。④仙人掌：指华山仙人掌峰。⑤秦关：指函谷关。⑥畤（zhì）：秦汉时祭天地五帝的祭坛。

【赏析】

本诗描写了诗人行经华阴所见的鬼斧神工的华山三峰的雄奇壮阔景色，表现了祖国山河的壮美瑰丽，抒发了诗人鄙薄功名的情怀。华阴，指位于华山北面的陕西华阴县。

诗题《行经华阴》，既是『行经』，必有所往；所往之地，就是求名求利的集中地——『咸京』（今陕西西安）。诗中提到的『太华』『三峰』『武帝祠』『仙人掌』『秦关』『汉畤』等都是唐代京都附近的名胜与景物。当时京师的北面是雍县，东南面就是崔颢行经的华阴县。县南有五岳之一的西岳华山，又称太华。华山山势高峻。华阴县北就是黄河，隔岸为风陵渡，此岸是秦代的潼关（一说是华阴县东灵宝县的函谷关）。华阴县不但河山壮险，而且是由河南一带西赴咸京的要道，行客络绎不绝。

这首诗写诗人行旅华阴时所见的景物，抒发了诗人吊古论今的情感。诗的前六句全为写景。写法为先总后分，由此及彼，井井有条。首句下笔不俗：诗人将拥有神仙洞府的华山凌驾于满是王侯贵族的京师之上。『岧峣』两字极言华山之高峻，一个『俯』字更道出崇山压顶之势，彰显出一种神力。接着，诗人由整体转为局部，以三峰为例，论证华山之『岧峣』。『削不成』三字暗示人间利器难堪大用之意，似乎在纯然的景物描写中要表达神力胜于人力、出世胜于入世的含义。

首联写远景，颔联则摄近景。诗人途经华阴时，正值云消雨霁，遥见三峰苍翠如洗，武帝祠前乌云将散，仙人掌峰青葱可爱，这些雨后初晴的新鲜景象，自然美妙，令人心旷神怡。另外，诗句对仗工整，『武帝祠』和『仙人掌』更为诗尾的『学长生』埋下伏笔，可谓于平淡处见新奇。颈联则充满想象，描写了一片虚幻之景。第五句一个『枕』字把黄河、华山都人格化了，大有『顾视清高气深稳』的气势，『险』字又有意无意地暗示了世人为追求仕途经历的坎坷与挫折。第六句一个『连』字，将『汉畤』与颔联中『武帝祠』『仙人掌』联系起来，一同照应尾句的『长生』一词；『平』字又与首联『岧峣』『天外』相对照，以驿路的平坦反衬华山的高峻，同时也暗示长生之道比求仕之路更为坦荡。总体来说，五、六句中，一『险』一『平』为人们指明了出路，也照应了首句中的『俯』字；『连』字、『枕』字用法巧妙，故前人称之为诗眼。本联中，诗人眼中无而意中有，在双目所及的景象基础上，充分展开了想象。在华山下同时看到黄河与秦关以及望见咸京以西的汉畤是不符合现实的，但诗人『胸中有丘壑』『思接千载，视通万里』，自然下笔如有神，因此能够描摹出此等气势雄伟的画面。古人论诗有『眼前景』与『意中景』之分，前者着眼于描写客观景物，后者则往往能体现出诗人的才思和胸怀。本诗首联、颔联着意于『眼前景』，接着在颈联引出『意中景』，衔接自然又充满了新奇的想象。晚清大学者王国维在《人间词话》中说『一切景语皆情语也』，联想到全诗在写景的过程中夹杂的暗示性的话语，也可以看出诗人的情思。尾联两句是经过前三联的表述后自然落笔的，笔意潇洒，风流蕴藉。崔颢的传世诗作大都严守格律，然而本诗却打破了律诗起、承、转、合的传统规范，别具一格。前三联层次分明，着意写景，尾联上句则笔锋陡转，然后末句以反问的句法收尾，点明本诗『何如学长生』的主旨。

崔颢两次进京，都在天宝年间，本诗劝人『学长生』，大概与当时尊奉道教、供养方士的社会风气有关。其实，诗人此次路过华阴，也与其他行客一样，都是要进京求仕，但他一见华山的高峻，联想到出尘脱俗的闲适自得，又想到自己为了名誉仕途终日奔波，难免感慨万千，因此在此劝喻旁人。纵观全诗，诗人将神灵古迹与山河胜景熔为一炉，使得诗歌气势雄浑、意蕴深远，清人方东树曾评道：『写景有兴象，故妙。』

## 望蓟门①

祖咏

燕台一去客心惊②，笳鼓喧喧汉将营。万里寒光生积雪，三边曙色动危旌③。沙场烽火侵胡月，海畔云山拥蓟城。少小虽非投笔吏④，论功还欲请长缨⑤。

【注释】

①蓟门：唐边防要地，在今北京德胜门外。②燕台：即幽州台。③三边：古称幽、并、凉三州为三边，此指蓟城一带边地。危旌：高扬的旗帜。④投笔吏：东汉班超年少时曾是抄写文字的小吏，后投笔从戎，立功西域，封定远侯。⑤请长缨：终军曾向汉武帝请求：『愿受长缨，必羁南越王而致之阙下。』

【赏析】

本诗为边塞诗，是一首借古感今的优秀之作，通过对边地壮丽景色和将士紧急备战防卫森然的描写，赞颂边地将士英勇戍边的爱国精神，抒发诗人投笔从戎的豪情。全诗气势壮阔，笔力雄健。蓟门，唐时边塞要地，在今北京市西北。

第一、二句起句突兀，暗用典故。燕台，为战国时燕昭王所筑的黄金台，用来招揽贤才。诗人刚到此燕地的平卢、范阳一带。面对天地的辽阔、山川的险负盛名的边塞重镇，生发出无限豪情。他『惊』的，是阵阵笳响鼓鸣表现军营中号令严肃。

第三、四句紧扣一个『望』字写景，格调高昂。诗人将目光放远、放高，将心『惊』的原因向深处挖掘，写『望』中所见，极目远眺，连绵万里的积雪反射出道道寒光，令人目眩，诗人感觉仿佛一切都变得模糊了。朦胧中，诗人只看见那飘扬的旗帜高悬半空，给人一种庄严肃穆的感觉。这里是用肃穆的景象，暗暗烘托出汉将营中庄重的气派和严整的军容。

第五、六句从军事上落笔，着力勾画山川形胜，意象雄伟阔大。远处的烽火连着月光，天边的云团拥着边城。在边境艰苦的自然环境中，军人的豪迈之情也随之而生。

最后两句卒章显志，表达出诗人投笔从戎的意愿，圆满结束全诗。其中，『投笔吏』引用了东汉班超投笔从戎的典故；『请长缨』引用了西汉终军自请出使南越的典故。

全诗洋溢着一种昂扬的精神，围绕着『望』字展开，抒发情感，格调高昂，很有震撼力。

## 九日登望仙台呈刘明府①

崔曙

**汉文皇帝有高台，此日登临曙色开。三晋云山皆北向②，二陵风雨自东来③。关门令尹谁能识④，河上仙翁去不回。且欲近寻彭泽宰，陶然共醉菊花杯⑤。**

【注释】

①九日：指重阳日。望仙台：相传仙人河上公曾授汉文帝以《老子》而去，后文帝于西山筑台以望之，故名望仙台。②三晋：指战国时韩、魏、赵三家分晋。③二陵：指殽南北两山。④关门句：相传老子至函谷关，关令尹喜留他著书，老子成书五千言后离开，关令尹喜也随他而去。⑤且欲两句：陶渊明辞彭泽令归隐后，曾于重阳节因无酒而到宅边菊丛中枯坐，逢王弘送酒至，于是二人大醉而归。宰：指地方官。

【赏析】

这是一首怀古投赠诗，描写的是诗人在重阳节登望仙台所见的壮美景色。全诗气象雄阔，诗人在诗的结尾慨叹神仙虚无缥缈，不如邀友人赏菊，陶然共醉，表现了诗人旷达洒脱的胸怀。九日指重阳节。明府，唐时对县令的尊称。

首联从望仙台的由来写起，点出诗人登高的地点和具体的时间。望仙台，汉文帝为观仙人河上公而建的楼台。诗人在重阳节这一天，登临望仙台，适逢朝日初出、阳光四照。

颔联写的是诗人登临仙台所见之景：北面能望见三晋高耸入云，山岭蜿蜒；东面能看见殽山南北二陵，意境开阔，气势雄浑。此联为诗中的佳句。

颈联写诗人远眺函谷关，联想到官员尹喜追寻老子出关西去、羽化为仙，以及河上公成仙的传说。这一句点出神仙已去不会再回来。

尾联承接上句，转到节日抒怀。这两句的意思是：找不到神仙，还不如就在附近寻个像陶潜般的人，与他一起在菊丛中举杯同醉，欢乐开怀。此处的『彭泽宰』指的是诗人的朋友刘明府。诗人以陶渊明为比，旨在说明既然重九登高，而神仙不再回来，又何必欲求神仙，不如就近邀请好友刘明府来一起畅饮菊花酒吧。『陶然共醉菊花杯』乃化引陶渊明之『采菊东篱下，悠然见南山』之诗意，语意真挚，浑然天成。

全诗既有时间地点，又有人物情节。诗人先是描写了仙台雄伟壮丽之景，然后指出寻访神仙远不如就近邀友畅饮舒适畅快。全诗转承流畅自然，一气呵成。清人沈德潜在《唐诗别裁》中评本诗为『一气转合，就题有法』。这种说法非常妥帖。

## 送魏万之京①

李颀

**朝闻游子唱离歌，昨夜微霜初渡河。鸿雁不堪愁里听，云山况是客中过。关城曙色催寒近②，御苑砧声向晚多③。莫见长安行乐处，空令岁月易蹉跎④。**

【注释】

①之：前往。②关城：指潼关。③御苑：皇家园林。砧（zhēn）声：捣衣声。④蹉跎：光阴虚度。

【赏析】

因为头天夜里已然初时感受客中的凄凉，会在通过城关时看到萧萧的树色，即便是在到达京城后，也要独听那晚来渐多的捣衣之声。作者也没有忘记叮嘱魏万：长安有很多行乐之所，你不要在那里虚掷光阴，要抓紧成就一番事业。

## 登金陵凤凰台①

李白

**凤凰台上凤凰游，凤去台空江自流。吴宫花草埋幽径②，晋代衣冠成古丘③。三山半落青天外④，二水中分白鹭洲⑤。总为浮云能蔽日，长安不见使人愁。**

【注释】

①金陵：今江苏南京。凤凰台：凤凰台在金陵凤凰山上，相传南朝刘宋年间有凤凰集于此山，乃筑台，山和台也由此而得名。②吴宫：三国时吴国王宫。③衣冠：指名门世族。古丘：指坟墓。④三山：山名，在南京西南长江边上。⑤二水：秦淮河经南京后入长江，被横于其间的白鹭洲分为二支。

【赏析】

李白很少写律诗，而《登金陵凤凰台》却是唐代律诗中广为传诵的杰作。天宝三载（744年），李白离开朝廷后，曾多次造访金陵，并写下诗文。这首诗约作于天宝四载（745年）到十四载（755年）之间。相传，诗人崔颢登黄鹤楼时，写下了著名的《登黄鹤楼》。李白来到此地，触景生情，便要提笔作诗，但看到墙上崔颢的诗作之后，遂罢笔。不久，他又登临南京凤凰台，写下这首诗，与崔颢之诗相竞。金陵，今江苏省南京市。凤凰台，故址在今南京凤凰山上，南朝宋文帝所建。

本诗首联写凤凰台的传说，十四字中连用三个『凤』字，却无重复之嫌，而且音节流转流畅明快。『凤凰台』在金陵凤凰山上，相传南朝刘宋永嘉年间有凤凰集于此山，乃筑台，山和台也由此得名。古时，凤凰是吉祥的象征。当年凤凰来游象征着王朝的兴盛；如今凤去台空，六朝的繁华也一去不复返了，只有悠悠长江水仍独自空流。

颔联承『凤去台空』，诗人进一步发挥写吴宫、晋都。三国时的吴和后来的东晋，都建都于金陵。诗人观眼前金陵景象，感慨万分，说吴国昔日繁华的宫廷已经荒芜，东晋的一代风流人物也早已进入坟墓。那一时的显赫，最终又留下了什么呢？

颈联由怀古转到写景，对仗工整，气象壮丽。诗人没有沉浸在对历史的凭吊中，而把目光又投向大自然，投向那『三山』『一水』。『三山』在金陵西南长江边上，三峰并列，南北相连。白鹭洲把长江分割成两道。诗人将三山在空中半隐半现、江水被沙洲分流两端的景象描写得恰到好处。这两句诗气象壮丽，对仗工整。

尾联写诗人由六朝帝都金陵联想到了唐都长安，登高远望，视线却为浮云所蔽。此联寄寓深意：长安是朝廷之所在，日是帝王的象征。这两句诗暗示皇帝被奸邪包围，而自己报国无门，心情沉痛。『不见长安』暗点诗题的『登』字，诗人触境生愁，意寓言外。

本诗与崔诗相比，正如方回《瀛奎律髓》所说：『格律气势，未易甲乙。』但本诗抒发了诗人忧国伤时的怀抱，意旨更为深远。

## 送李少府贬峡中王少府贬长沙

高适

**嗟君此别意何如，驻马衔杯问谪居①。巫峡啼猿数行泪，衡阳归雁几封书②。青枫江上秋帆远③，白帝城边古木疏④。圣代即今多雨露⑤，暂时分手莫踌躇。**

【注释】

①衔杯：饮酒。谪居：贬往的地方。②衡阳归雁：古人认为大雁南飞至衡阳而止。③青枫江：在湖南长沙。④白帝城：在四川奉节。⑤雨露：喻朝廷的恩泽。

【赏析】

这是诗人送别两位被贬友人而作，描写了两位友人在旅途中将遇到的艰辛，对两位友人表示同情、关切，并给予安慰和鼓励。全诗情景交融，情意深厚。少府，唐时县尉的别称。李、王二人事迹不详。峡中，此指夔州巫山县。

首联总写诗人对李、王二少府二位友人遭受贬谪的关切和同情之心。诗一开篇就以强烈的感情，给读者以深刻的印象。『嗟君此别意何如』以问句开始，『嗟』意思是说叹息之声，置于句首，贬谪分别时的痛苦，溢于言表。『此别』『谪居』四字，又不着痕迹地点出标题中的『送』和『贬』。『驻马衔杯问谪居』写诗人在送别之地下马，为李、王二少府举杯饯别，谈论二人贬谪的地方。

中间两联针对李、王二少府的处境，双双分写。颔联上句『巫峡啼猿数行泪』，写因为李少府被贬峡中，诗人想起古民谣『巴东三峡巫峡长，猿鸣三声泪沾裳』的说法，联想到李少府在峡中的荒凉之地可能听到凄厉的猿啼声，不由得流下了眼泪；『衡阳归雁几封书』写王少府被贬长沙，诗人由长沙想到衡阳的回雁峰，嘱咐王少府到长沙后多写信。

颈联上句『青枫江上秋帆远』是诗人想象长沙青枫江的风光，是再写王少府；下句『白帝城边古木疏』是诗人想象白帝城（在夔州，当三峡之口）的风光，是再写李少府。诗人准确地写出二人所去之地的风光，将内心的愁情别恨寄予景色之中。

尾联两句『圣代即今多雨露，暂时分手莫踌躇』，是诗人对二位友人的劝慰之辞。同时，诗人对前景做了乐观的展望：此次遭贬，我们的分别都只是暂时的，你们不要踌躇不前，重归之日不久就会到来。至此，全诗结束，既照应了首联，又给读者留下想象的余地。

## 奉和中书舍人贾至《早朝大明宫》

岑参

鸡鸣紫陌曙光寒，莺啭皇州春色阑①。金阙晓钟开万户②，玉阶仙仗拥千官③。花迎剑佩星初落，柳拂旌旗露未干。独有凤凰池上客④，阳春一曲和皆难⑤。

【注释】

①阑：残，尽。②金阙晓钟：指皇宫中报晓的钟声。万户：指宫门。③仙仗：指皇帝的仪仗。④凤凰池：指中书省。客：指贾至。⑤阳春一曲：指贾至作的《早朝大明宫》。

【赏析】

长安道上雄鸡报晓，曙光清亮；黄莺婉转地鸣唱，时序已然到了春末夏初。随着晓钟敲响，皇宫中的千门万户尽皆打开，文武百官在仪仗的簇拥之下走上白玉台阶。晨星初落，鲜花掩映着宝剑玉佩，柳丝拂过旌旗，枝叶上的露水尚未风干。凤凰池上贾舍人写的《早朝大明宫》大作独步一时，阳春白雪，欲和却难。

## 奉和圣制从蓬莱向兴庆阁道中留春雨中春望之作应制

王维

渭水自萦秦塞曲①，黄山旧绕汉宫斜②。銮舆迥出千门柳③，阁道回看上苑花④。云里帝城双凤阙⑤，雨中春树万人家。为乘阳气行时令⑥，不是宸游玩物华⑦。

【注释】

①渭水：即渭河，源出甘肃省，经陕西流入黄河。秦塞：指长安城近郊。②黄山：指黄麓山，在长安西北。汉宫：指唐宫。③銮舆：皇帝的车驾。迥（jiǒng）出：高出。千门：指皇宫内的重重门户。④上苑：泛指皇家园林。⑤双凤阙：泛指皇宫中的楼台。⑥阳气：指春气。时令：按季节颁布的政令。⑦宸（chén）游：指皇帝出游。宸：帝王的代称。物华：美好的景物。

【赏析】

题目中的『蓬莱』，指的是唐大明宫，诗文所写的景色，是陪伴皇帝走在由大明宫前往兴庆宫的空中阁道上所观赏到的春色。因为阁道的位置很高，可以俯览长安胜景，诗就从长安郊外萦回的渭水，唐宫脚下环抱的黄麓山写起。阁道上皇帝的车驾高出了宫门宫柳，走出一段，回看宫苑，只见云雾缭绕，花木掩映，高大的宫殿只在云雾间托出一对高耸的凤阙。而向下看，广阔长安的万千人家、迷蒙春树又映入了眼帘。收束两句说皇帝此行并非为了游赏美景，而是为了颁行时令，虽然是曲意维护，但写得自然而然，不落窠臼。

## 积雨辋川庄作

王维

**积雨空林烟火迟①，蒸藜炊黍饷东菑②。漠漠水田飞白鹭，阴阴夏木啭黄鹂。山中习静观朝槿③，松下清斋折露葵④。野老与人争席罢⑤，海鸥何事更相疑⑥。**

【注释】

①空林：萧疏的树林。②藜（lí）：指蔬菜。黍（shǔ）：此指饭食。饷（xiǎng）：送饭。菑（zī）：初耕的田地。③朝槿（jǐn）：木槿，其花朝开暮落。④清斋：指吃素。葵：葵菜。⑤野老：作者自指。⑥海鸥：用鸥鹭忘机典。

【赏析】

连日的雨水过后，炊烟的升腾仿佛慢了许多。家家户户的农妇们正在忙碌于备办饭食，好给还在田里耕作的男人们送去。

广漠的水田上白鹭在悠然自得地飞翔，繁茂的树冠中传来黄鹂婉转的歌声，一切都显得那样的安闲自在、恬静祥和。

脱离了喧嚣的俗世，诗人来到山中习静，他曾在观看朝开暮落的槿花时感悟人生，曾于松下清斋前折下带露的绿葵。如今的他，不再会与人争夺些什么，他要告诉盘旋的海鸥：我已毫无机心，你们也再不必有所疑惧，就请放心地前来与我做伴吧。

## 赠郭给事

王维

**洞门高阁霭余晖①，桃李阴阴柳絮飞。禁里疏钟官舍晚②，省中啼鸟吏人稀③。晨摇玉佩趋金殿④，夕奉天书拜琐闱⑤。强欲从君无那老⑥，将因卧病解朝衣。**

【注释】

①洞门：重重相通的宫门。霭：云气。②禁里：指宫中。③省：指门下省。④趋：小步而行。⑤天书：皇帝的诏书。琐闱：有雕饰的门，此指宫门。琐：门窗上的连环形花纹。⑥强：勉强。君：指郭给事。无那：无奈。

【赏析】

日暮的宫禁，重重洞门、巍巍楼阁无不静沐在夕阳的余晖里，簇簇桃李枝叶幽暗，丝丝柳絮随风轻扬，门下省中吏人稀少，只有稀疏的晚钟和不时响起的鸟鸣打破着静穆祥和的氛围。郭给事晨趋金殿，夕颁诏令，为官恭谨却能于闲静从容中将国家治理得政治清明、太平无事，无怪乎天子倚重、门生满朝。作者向郭给事表达心意，说自己虽然想要追随左右却终因老病而不能如愿，所以只好辞去官职，解下朝衣。

## 蜀相①

杜甫

**丞相祠堂何处寻，锦官城外柏森森②。映阶碧草自春色，隔叶黄鹂空好音。三顾频烦天下计③，两朝开济老臣心④。出师未捷身先死⑤，长使英雄泪满襟。**

【注释】

①蜀相：指三国时蜀国丞相诸葛亮。②锦官城：指成都。③三顾：指刘备三顾茅庐一事。频烦：同『频繁』。④两朝：指先主刘备、后主刘禅两朝。开济：开创基业，匡危济难。⑤出师句：蜀建兴十二年（234年），诸葛亮出师伐魏，因积劳成疾病逝于五丈原。

【赏析】

诗题《蜀相》指三国时蜀国丞相诸葛亮。东汉建安二十六年（221年），刘备在蜀称帝，国号为汉（后人称蜀汉），以诸葛亮为丞相。这首诗是上元元年（760年）春，杜甫刚刚弃官来到蜀地，游武侯祠时所作。诗人通过描写蜀相诸葛亮一生的功绩，表达了自己对诸葛亮的敬仰、惋惜之情，并赞扬了诸葛亮鞠躬尽瘁、死而后已的精神。这首诗集游览与咏史于一身，意味颇深。

全诗在内容上分为写景和叙事两部分，每部分各四句话。

前四句是第一部分，着力描写武侯祠堂的景色。首联两句一问一答，构成设问句式。自问自答之中，点明了祠堂的位置及四周的风貌：在相距几里地之远的锦官城外，翠柏郁郁葱葱，排列成林。第二联的两句话分别与首联中的『堂』与『柏』相应，一个『自』和『空』字，凸显出了祠堂荒凉的景象。同时这两句话也写出了祠堂无人凭吊的悲哀。

后四句叙事，是全诗的第二部分。诗人用『天下计』『老臣心』分别写出了诸葛亮的雄才大略和鞠躬尽瘁、死而后已的报国忠诚。『出师』两句则流露出诗人对诸葛亮未能实现夙愿的惋惜之情。此时的杜甫正仕途失意，虽有国家报效、拯救百姓的宏愿，无奈生不逢时，怀才不遇，一身才华终无用武之地。所以第二部分的四句话虽然字面上在写诸葛亮，实际上诗人已经把自己和诸葛亮联系起来。尾联两句既是诗人对英雄丰功伟绩的渴望，同时又是对自己壮志难酬的哀叹。

全诗以景开篇，在叙事中抒情结尾，寓情于景，情景一体，渲染出一种慷慨凄凉的氛围。

## 客至

杜甫

**舍南舍北皆春水①，但见群鸥日日来。花径不曾缘客扫②，蓬门今始为君开。盘飧市远无兼味③，樽酒家贫只旧醅④。肯与邻翁相对饮⑤，隔篱呼取尽余杯⑥。**

【注释】

①舍：居舍。②缘客扫：因为有客要来而打扫。③盘飧（sūn）：饭食。兼味：两种以上的味道。④醅（pēi）：没有过滤过的米酒。⑤肯：能否。⑥余杯：余下来的酒。

【赏析】

本诗是一首叙事诗，字里行间充满了浓厚的生活气息，读来能让人从中感觉到诗人的至情至性和淳朴好客的品格。诗人曾为本诗自注：『喜崔明府相过』，这说明『客至』中的『客』，是指崔明府。崔明府的具体情况不详。另有一说，因杜甫的母亲姓崔，所以有人认为，『客』可能是他的母姓亲戚。

在第一联中，前句只用一个『皆』字，就把春天江水涨溢的景象形象地描画了出来。后句通过描写『群鸥』『日日』到来，第二联中的地点发生转移，由户外转到了庭院之中，这是因为有客而至。这一联中的两句话互相衬托，借互文的修辞手法，揭示出隐藏其中的另一层意思：庭院小路还未曾因为迎客而打扫过，今天因为你的到来才打扫；用蓬草编成的门还未曾打开，今天因为你的到来，才第一次打开。语句不但构思巧妙，而且很好地表现出了诗人对客人到来的喜悦和招待客人的诚意。同时诗人以谈话的方式来写，增强了生活气息。

在第三联中，读者仿佛看到了诗人热情待客的画面。诗人一边频频劝饮，一边因酒菜欠丰盛而说一些歉疚的话：离街市太远，买东西不方便，只能略备一些简单的菜肴；好酒买不起，只能用家中的陈酿来招待你。这些话，听起来平常，平常之中却给人一种亲切的感觉。这段对待客场景的实写，正是诗人所着力刻画的，从中体现出宾主之间的深情厚谊。

最后一句写诗人邀邻共饮。此处写法与陶渊明的『过门更相呼，有酒斟酌之』有异曲同工之妙。不需要事先邀请，随意来饮，体现出质朴的人际关系带来的自然之乐。这处细节描写，不但使诗的气氛达到了高潮，还取得了峰回路转、别开境界的艺术效果。

## 野望

杜甫

西山白雪三城戍①，南浦清江万里桥②。海内风尘诸弟隔③，天涯涕泪一身遥。惟将迟暮供多病④，未有涓埃答圣朝⑤。跨马出郊时极目⑥，不堪人事日萧条。

【注释】

①西山：在成都西，主峰终年积雪。三城：在松维等州之界。②清江：指锦江。万里桥：在成都城南。③风尘：比喻战乱。④迟暮：指年老。⑤涓埃：细流与微尘，比喻微小。⑥极目：极目远望。

【赏析】

本诗作于唐肃宗上元二年（761年），诗人居住在成都浣花草堂期间。全诗主要表达了诗人感伤时局、怀念诸弟的思想感情。全诗意境壮阔深广，基调沉郁悲凉。

首联写诗人跃马出郊时所见之景，以及诗人由野望之景触发的家国和个人的情思。颔联由战乱引出诗人怀念诸弟、自伤流落之情，真情实感令人为之动容。其中『风尘』指安史之乱造成的战乱局面。正是由于这『风尘』，诗人与诸弟远隔天涯而不能相见。想到此，诗人不禁『涕泪』满面。颈联由『天涯』『一身』引出诗人残年『多病』的凄惨状况，以及『未有涓埃答圣朝』的愧疚之意。当时诗人已年过半百，故言已入『迟暮』之年。想到自身的状况，诗人不禁叹息着说：『我现在只好将暮年交付与多病之身了，可惜没有一丝一毫的功劳可以报答圣朝啊！』悲哀无奈之情，溢于言表。颔联和颈联分别用了对偶的句式，写出了诗人忧家、忧国的心情和渴望报效朝廷的忠心。尾联点出『野望』的方式，并抒发了诗人深沉的忧思。当时西山三城重兵防戍，蜀地百姓的赋役负担尤为繁重。面对这种情况，忧国忧民的诗人产生了民不堪命、国势日衰的担忧。正是由于诗人『跨马出郊』，『极目』远望，才看到了近处的『南浦清江万里桥』，同时也看到了远处的『西山白雪三城戍』。而『三城戍』又使诗人想到了如今的战乱烽火，『万里桥』则使诗人萌生了出蜀的念头。结语二句既点明了诗人忧家、忧国的原因，同时也深化了全诗的主题。

纵观全诗，诗人从草堂『跨马』，外出郊游，本是为了遣愁解闷，但所见之景却引发了他对弟兄离别、自身飘零和国家局势的种种反思。片刻间，怀念同胞、伤感疾病、报效国家、担忧时局等情感，一下子涌上了诗人的心头，使他愁肠百结，忧心万分。从这首诗中，我们也可以更深刻地体会到杜甫终生不渝的『忧国忧民』之情。

## 闻官军收河南河北

杜甫

**剑外忽传收蓟北①，初闻涕泪满衣裳。却看妻子愁何在，漫卷诗书喜欲狂②。白日放歌须纵酒③，青春作伴好还乡④。即从巴峡穿巫峡，便下襄阳向洛阳。**

【注释】

①剑外：剑门关外。此指蜀地。蓟北：指今河北北部地区，是安史叛军的根据地。②漫卷：胡乱卷起。③放歌：放声歌唱。④青春：指春光正好。

【赏析】

本诗是诗人寓居梓州时听说官军收复河南河北狂喜而作，诗人通过描写自身的神态、动作和心理，鲜明真切地表达了他无限喜悦兴奋的心情。

全诗通篇表现一『喜』字，抒写了诗人忽闻叛乱已平的捷报，急于奔回老家的喜悦情景。起句来势迅猛，恰切地表现了捷报的突然。次句直写诗人闻知喜讯后喜极而泣的场面。『初闻』紧承『忽传』。『涕泪满衣裳』以形传神，再现了诗人『初闻』捷报的刹那所迸发出的感情波涛，逼真地表现了诗人喜极而悲、百感交集的心情。颔联以转作承，落脚于『喜欲狂』，用『却看妻子』『漫卷诗书』两个连续动作，表现诗人惊喜的情感洪流所涌起的更高洪峰。当诗人『涕泪满衣裳』之时，自然想到多年来同甘共苦的妻子儿女。在颈联中，诗人就『喜欲狂』作进一步抒写，并设想自己回乡的情景。『青春』指春季，春天已经来临，诗人在鸟语花香中与妻子儿女『作伴』，正好『还乡』。回乡有期，又怎能不『喜欲狂』！尾联写诗人狂想展翼而飞，身在梓州，弹指之间，心已回到故乡。诗人惊喜的感情洪流于洪峰迭起之后卷起连天高潮，全诗至此结束。

## 登高

杜甫

**风急天高猿啸哀，渚清沙白鸟飞回①。无边落木萧萧下，不尽长江滚滚来。万里悲秋常作客，百年多病独登台②。艰难苦恨繁霜鬓③，潦倒新停浊酒杯④。**

【注释】

①渚：水中的小洲。回：回旋。②百年：一生。③繁霜鬓：两鬓白发日增。④潦倒句：这时杜甫正困顿多病而戒酒。

【赏析】

这首诗是杜甫于唐代宗大历二年（767年）秋寄寓夔州时所作。诗人描绘了自己登高时所见的秋江之景，借此抒发了自己独自在外漂泊，孤苦无依的愁苦之情。本诗被称为『古今七言律诗之冠』。

首联围绕夔州的特定环境，写登高所见景象。夔州向以猿多著称，峡口更以风大闻名。秋日天高气爽，这里却猎猎多风。诗人登上高处，峡中不断传来『猿啸』之声，使人不禁想到『空谷传响，哀转久绝』之语。颔联集中描写了夔州秋天凄清肃杀、空旷辽阔的景色。诗人仰望苍茫无边、萧萧而下的木叶；俯视奔流不息、滚滚而来的江水，借景抒情，表达了自己凄苦的情怀。『无边』与『不尽』，『萧萧』与『滚滚』不仅对仗工整，而且放大了落叶、江水的阵势，将枯叶飘落时窸索的声音，江水奔流时光汹涌的情状描写得惟妙惟肖。首联和颔联描写秋景却未着一个『秋』字，直到颈联，诗人才通过『万里悲秋常作客』一句，明确点出了『秋』字。诗人『独登台』，目睹眼前苍凉萧索的秋景，不禁联想到自己漂泊异乡，年老多病，孤独无助的凄惨处境，于是顿生无限悲愁。最后，诗人将这深深的悲愁归罪于秋，认为是这秋景使自己如此悲伤，于是说『万里悲秋』。『常作客』说明诗人常年在外漂泊，居无定所。『百年』在这里指人到暮年。首联、颔联、颈联给人一种『飞扬震动』的感觉，而尾联突然以『软冷收之』。诗人这种写法，更使人感到一种深深的悲凉、凄惨之情。

统观全诗，前四句为写景，后四句为抒情。首联就像一幅工笔画一样，将眼前的具体景物从形、声、色、态等各方面进行描绘；颔联则像一幅写意画，将秋天肃杀的气氛渲染得淋漓尽致；颈联从时间、空间两方面进行叙述，写出了诗人漂泊在外、病苦迟暮的悲伤；尾联写诗人疾病逐日加重，终日困顿潦倒，而造成这一切的『罪魁祸首』却是艰难纷乱的世事。通过这两句，诗人将自己忧国忧民的情怀表露了出来。

## 登楼

杜甫

花近高楼伤客心，万方多难此登临。锦江春色来天地①，玉垒浮云变古今②。北极朝廷终不改，西山寇盗莫相侵③。可怜后主还祠庙④，日暮聊为梁甫吟⑤。

【注释】

①锦江：在今四川成都市南。②玉垒：山名，在今四川灌县西北。③西山寇盗：指吐蕃。④可怜句：意谓后主刘禅庸碌，但依靠诸葛亮的辅佐，故至今还有祠庙。⑤梁甫吟：乐府篇名，相传诸葛亮南阳隐居时好为此歌。

【赏析】

唐代宗广德二年（764年）春，已是诗人客居成都第五个年头。上年正月，官军收复河南河北，平定安史之乱；十月便有吐蕃叛乱，攻陷长安，代宗奔陕州；虽然郭子仪随后复京师，乘舆反正；年底吐蕃又破松、维、堡等州（在今四川北部），继而再陷剑南、西山诸州。国难当头，战乱不断，诗人感慨万千，便写下本诗。

本诗写诗人登楼远眺，想到国家多难，兵戈遍地；想到古今变化如浮云，世事无常，不禁伤心悲愤。首联点出题眼，起势不凡。『万方多难』为全篇之题眼，也是全诗写景抒情的出发点。当此万方多难之际，诗人满怀愁思，登上高楼，虽是繁花触目，却叫人更加伤心。在此联中，诗人以繁花反衬伤心，以乐景写哀情。颔联紧承『登临』，写登楼所见之景。上句从空间角度开阔视野，下句就时间角度驰骋遐思，天高地迥，古往今来，形成阔大悠远、囊括宇宙的境界，饱含着诗人对祖国山河的赞美和对民族历史的追怀。这两句即景抒情，思接千载，宏丽奇幻，境界阔大。颈联正面叙写『万方多难』的时局，也是诗人登临所想。上句『终不改』，反承第四句的『变古今』，是从去岁吐蕃陷京、代宗旋即复辟一事，明言大唐帝国气运久远；下句针对吐蕃的觊觎，诗人寄语相告：莫再徒劳无益地前来侵扰！尾联，诗人就登楼之所见、所想，发表感慨，用语委婉而讽刺深切。这里，诗人完全是借眼前古迹，慨叹刘禅任用小人而亡国，对唐代宗宠信宦官程元振、鱼朝恩以致酿成万方多难盗寇相侵的局面予以尖锐而深刻的讽刺。结句，诗人自伤寂寞，言当此万方多难之际，自己只能像躬耕陇亩时的诸葛亮『好为《梁甫吟》』一样，登楼吟诗。本诗抒写了诗人对国家灾难的深重忧思和自己报国无门的无限感伤，悲怆感人。

## 咏怀古迹五首（其一）

杜甫

**支离东北风尘际①，飘泊西南天地间。三峡楼台淹日月②，五溪衣服共云山③。羯胡事主终无赖④，词客哀时且未还⑤。庾信平生最萧瑟⑥，暮年诗赋动江关。**

【注释】

①支离：流离。东北：从蜀地讲，关中是东北。风尘际：战尘四起的年代。②淹：滞留。日月：岁月。

③五溪衣服：泛指夔州地区少数民族的服装。共云山：是说自己与当地夷人一同居住。④羯胡：指安禄山。

⑤词客：南北朝时羁滞于北国而不得南归的诗人庾信，作者用来比喻自己。⑥萧瑟：庾信平生常作凄凉悲

楚的诗，故云。

【赏析】

杜甫非常推崇庾信的诗文，一方面是出于艺术上的欣赏，一方面是身世相近——晚年都因国难而漂泊异乡。诗文中说，因为关中的战乱而流落西南蜀地，在三峡夷人居住的地方，已经滞留很长时间了。由于羯胡安禄山的狡猾反复，使得自己遭受了和庾信一样的羁滞命运。末二句赞扬庾信生平虽然坎坷悲凉，然而文风却因此而大变，暮年诗赋震动江关。这实际上又写入了作者自己的影子。

## 咏怀古迹五首（其二）

杜甫

**摇落深知宋玉悲①，风流儒雅亦吾师。怅望千秋一洒泪，萧条异代不同时。江山故宅空文藻②，云雨荒台岂梦思③？最是楚宫俱泯灭，舟人指点到今疑。**

【注释】

①摇落句：宋玉《九辩》有，『悲哉秋之为气也，萧瑟兮草木摇落而变衰』。②空文藻：空留下来文采。

③云雨句：宋玉曾作《高唐赋》，述楚王游高唐时曾于梦中见一妇人，自称是巫山之女，楚王因而幸之。神女离去时而告辞说：『妾在巫山之阳，高丘之岨，旦为行云，暮为行雨，朝朝暮暮，阳台之下。』

【赏析】

诗人看到秋天里草木摇落衰败，想起宋玉当日面对相同情景写下的悲歌，他感叹宋玉风流儒雅堪为人师，并由其一生遭遇联系到自己的身世，发出了时代不同但萧条失意却并无差别的慨叹。宋玉在《高唐赋》中叙写了巫山神女与楚王梦中相会的故事讥刺君王淫惑，然而他的华丽的文章却被后人看作是描写荒淫梦境的代表，人们至今还在楚宫遗址猜测着故事发生的地点。杜甫因此而深为宋玉不平，故而发出了『云雨荒台岂梦思』的反问。

## 咏怀古迹五首（其三）

杜甫

**群山万壑赴荆门①，生长明妃尚有村②。一去紫台连朔漠③，独留青冢向黄昏④。画图省识春风面⑤，环佩空归月夜魂⑥。千载琵琶作胡语，分明怨恨曲中论。**

【注释】

①荆门：荆门山，在湖北宜都市西北。②明妃：即王昭君。昭君村在归州东北。尚有村：尚有她生长的村庄。③紫台：指汉宫名。朔漠：指匈奴所居之地。④青冢：即昭君墓。传说每到深秋时节，北方草木皆枯，唯独昭君墓上小草青青依旧。⑤画图句：意谓汉元帝对着图画岂能得知昭君美丽的容颜。画图：指画工毛延寿因昭君不肯行贿于他而故意丑化她的事。省（xǐng）识：认识。⑥环佩：指代昭君。月夜魂：指昭君生不得归汉，只有死后的灵魂从月夜归来。

【赏析】

谁说昭君生长的地方，不需用如此雄奇的笔力来描绘？这位去国和亲的一代名妃身上，不正凝聚着天地山川的灵慧秀美？然而昭君的美丽却只因一张故意作难的画像就被弃置一旁，致使她一朝远嫁匈奴，身后唯留下青草覆盖的坟冢面向着大漠黄昏，生她养她的故乡也只空等来女儿返归的游魂。悠悠千载，世间依旧流传着昭君因为思念故乡而时时弹起的琵琶曲，而琵琶声声里，分明寄寓着她生前无限的忧思怨恨。

## 长沙过贾谊宅

刘长卿

**三年谪宦此栖迟①，万古惟留楚客悲②。秋草独寻人去后，寒林空见日斜时。汉文有道恩犹薄③，湘水无情吊岂知④。寂寂江山摇落处，怜君何事到天涯。**

【注释】

①谪宦：贬官。西汉贾谊曾被贬往长沙三年。②楚客：指羁留楚地之人。③汉文句：意谓汉文帝是有道的明君，但终是不能重用贾谊。④湘水句：贾谊往长沙而渡湘水时曾作赋吊屈原。

【赏析】

本诗是诗人被贬潘州（在今广东境内）途经长沙时所作，借对贾谊不幸遭遇的痛惜，抒写自己被贬的悲愤。

首联写贾谊三年谪宦，落得『万古』留悲。诗人明写贾谊，暗寓自身迁谪。贾谊，汉文帝时著名政论家，因被权贵中伤，出为长沙王太傅三年，后虽被召回京城，但不得重用，抑郁而死。类似的遭遇，使诗人怀古伤今，感慨万千。『三年谪宦』，只落得『万古』留悲，上下句勾连相生，呼应紧凑，给人以抑郁沉重之感。『栖迟』的鸟儿是惶恐不安的，暗喻贾谊的失意，非常贴切。一个『悲』字，直贯篇末，奠定了全诗的基调。

颔联围绕题目中的『过』字，描写古宅萧条冷落的景色。『秋草』『寒林』『人去』『日斜』，古宅四周一派黯然气象。而在这样的暗淡气氛中，诗人还要『独寻』，种种描写使诗人益发显得凄凉。寒林日斜，不仅是诗人眼前所见，也是当时李唐王朝岌岌可危形势的写照。『空见』二字，更将诗人回天乏术、无可奈何的痛苦心情抒写得淋漓尽致。

颈联，诗人由当年贾谊见疏，凭吊屈子，联系到如今自己凭吊贾谊。第五句中的一个『有道』，一个『犹』字，颇有韵味。号称『有道』的汉文帝，对贾谊尚如此薄恩，那么当时昏聩无能的唐代宗，对诗人自身又会如何，自然可想而知。诗人被一贬再贬，沉沦坎坷。接着，诗人笔锋一转，写出了这一联的对句，也颇得含蓄之妙。『吊岂知』，贾谊出为长沙王太傅，经湘水时曾作《吊屈原赋》，凭吊战国时楚国大诗人屈原，亦兼寄自伤之情。湘水无情，流去经年。屈原哪能知道上百年后，贾谊会来到湘水之滨吊念自己。同样，贾谊更想不到近千年后的诗人又会来凭吊自己。诗人苦苦寻求知音而不得，抑郁无诉、徒然自呼的心境跃然纸上。

尾联抒发诗人被放逐天涯的哀婉叹喟。诗人在贾谊故宅前徘徊，暮色更浓，秋色更深，江山更趋寂静。一阵秋风掠过，黄叶纷纷飘落。此般深秋黄昏之景正象征着当时国家的衰败局势。此联也正与『日斜时』相应。『君』，既指代贾谊，也指诗人自己；『怜君』，不仅是怜人，更是怜己。

诗人吊古伤今，怀人抒怀。全诗意境悲凉，真挚感人，为唐代七律中之精品。

## 赠阙下裴舍人①

钱起

二月黄鹂飞上林②，春城紫禁晓阴阴。长乐钟声花外尽③，龙池柳色雨中深④。阳和不散穷途恨⑤，霄汉常悬捧日心⑥。献赋十年犹未遇⑦，羞将白发对华簪⑧。

【注释】

①阙下：宫阙之下，借指朝廷。舍人：指中书舍人，负责草拟诏书。②上林：指皇宫宫苑。③长乐：本汉宫名，此处借指唐宫。④龙池：泛指宫中的池塘。⑤阳和：指春天温暖的气候。⑥捧日心：东汉末年程昱年轻时曾梦见自己两手捧日，后兖州叛乱，曹操赖程昱保全三城，为其改名为『昱』（程昱本名立）。⑦献赋：以辞赋献于皇帝，此指应考。⑧华簪：华贵的冠饰。

【赏析】

本诗是一首投赠诗，诗人在落第期间作了本诗，书赠显官裴舍人，向他承情以求援引。在诗中，诗人含蓄地赞颂了裴舍人，并委婉地陈述了自己的心事，不落卑俗，干求得体。阙下，宫阙之下，阙是宫门前的望楼，这里阙下借指朝廷。舍人指中书舍人，其职责是草拟诏书，任职者须有文学资望。

诗的开头四句描绘宫中热闹的春景。诗人用生花妙笔，描绘了一幅浓丽的宫苑春景图：早春二月，上林苑里，黄鹂成群地飞鸣追逐；拂晓时分，树木掩映之下的紫宫，笼罩在一片淡淡的春阴中；长乐宫的钟敲响了，钟声飞过宫墙，飘到空中，又缓缓散落在花树之外；那龙池周围，千万株春意盎然的杨柳，在细雨之中越发显得苍翠欲滴。这四句，写的是皇宫苑囿殿阁的景色，暗赞裴舍人受宠得幸：随皇帝行幸上林，临朝紫宫，在长乐宫草诏，又随皇上起居龙池，借以烘托裴舍人的身份和地位。这四句虽无一字写裴舍人，却句句恭维，不露痕迹。『长乐钟声花外尽，龙池柳色雨中深』，也是『标雅古今』的名句。

后四句笔锋急转，抒心志，伤不遇。颈联说，虽有和暖的太阳，毕竟无法使自己的穷途落魄之恨消散。但我还是仰望天空，时刻赞颂着太阳（指当朝皇帝）。这句是诗人表明自身一心朝向天子朝堂的忠贞。尾联接着说，可我十年献赋（指参加科举考试），不遇知音。如今连头发都熬白了，看见插着华簪的贵官，我不能不感到惭愧。这句含蓄婉转，隐含了诗人内心强烈的不满。

本诗虽是请求，却不露骨，恭维表现得隐约曲折，可见诗人技艺之娴熟。

## 寄李儋元锡

韦应物

**去年花里逢君别，今日花开又一年。世事茫茫难自料，春愁黯黯独成眠。身多疾病思田里①，邑有流亡愧俸钱②。闻道欲来相问讯，西楼望月几回圆。**

【注释】

①思田里：指想要归隐田园。②邑：指自己管辖的县邑。

【赏析】

这首诗是韦应物晚年任滁州刺史时的作品，大约写于唐德宗兴元元年（784年）春天，描述了韦应物与友人分别之后的思念。德宗建中四年（783年）初夏，韦应物由尚书省比部员外郎调任滁州（今安徽滁州市）刺史，离开长安。韦应物的好友李儋在长安与韦应物分别后，曾托人问候。次年春，韦应物写了这首诗寄赠李儋。

诗的首联以花期为标志，写了去年花开时节诗人与友人分别，不觉中，春花再绽，分别已有一年。诗人以景入情，暗叹时光易逝，也表现出与友人分别后对境况变化的感慨。在颔联中，诗人写了世事纷乱和自己的愁闷苦恼。『世事茫茫』既指国家动荡，前途难料，也包含着对个人命运的担忧。当时长安为朱泚所盘踞，皇帝逃难至奉先，情况不明。目睹国家动荡、民生凋敝，诗人流露出担忧之情。『春愁黯黯』，写诗人因动乱而心绪烦乱，心情也阴沉黯淡。『难自料』承接『又一年』，写苍茫世事中命运的难料；『独成眠』承接『逢君别』表明诗人与友人分别后的孤单。在颈联中，诗人写了自己的思想矛盾。诗人首先写了因『身多疾病』而想要辞官归家，同时，又痛心人民的困苦。但诗人个人能力有限，没办法使百姓摆脱水深火热，只能自责，认为自己空占官位，愧对国家。此句体现了诗人的责任感与爱民心，也写出了乱世为官的无奈。在尾联中，诗人感激朋友的问候，并表达了期盼朋友前来探望的愿望。本诗起于分别，终于相约，体现了朋友间的深挚情谊，感情细腻动人。

## 同题仙游观

韩翃

**仙台初见五城楼①，风物凄凄宿雨收②。山色遥连秦树晚，砧声近报汉宫秋③。疏松影落空坛静，细草香生小洞幽。何用别寻方外去④，人间亦自有丹丘⑤。**

【注释】

①五城楼：传说中神仙的居所，这里借指仙游观。②宿雨：前夜的雨。③砧声：捣衣声。古代捣衣多在秋晚。④方外：世俗之外，指神仙的居处。⑤丹丘：指神仙居处。

【赏析】

这是一首游览诗，描绘了雨后仙游观高远开阔、清幽雅静的景色，盛赞道家观宇胜似人间仙境，表现了诗人对道家修行生活的企慕。仙游观，《旧唐书·潘师正传》载，道士潘师正居嵩山逍遥谷，唐高宗临东都，曾召见他，并令于逍遥谷开一门，号称仙游门。

诗的前三联描绘了雨后仙游观观内观外的景色。首联『仙台初见五城楼，风物凄凄宿雨收』，点出了当时的天气状况：宿雨初晴、风物萧瑟。诗的第一句以传说中的神仙居处『五城楼』代指仙游观，可见诗人对仙游观印象颇佳。颔联『山色遥连秦树晚，砧声近报汉宫秋』，着意描绘仙游观秋夜之景：茫茫夜色中，山色与秦地的树影遥遥相接，捣衣声仿佛在宣告汉宫步入秋季。颈联『疏松影落空坛静，细草香生小洞幽』：稀稀落落的青松投下凌乱的树影，道坛上安静幽寂，细草生香，仙洞幽深。尾联『何用别寻方外去，人间亦自有丹丘』，意思是说何必再去寻找世外仙境，人世间本就有神仙洞府！诗人直抒胸臆，称赞仙游观乃神仙洞府，表达了对闲适生活的向往。

本诗语言清新，文字秀美，韵律和谐，含蓄隽永，极富情趣。

## 春思

皇甫冉

莺啼燕语报新年，马邑龙堆路几千①？家住层城临汉苑②，心随明月到胡天。机中锦字论长恨③，楼上花枝笑独眠。为问元戎窦车骑④，何时返旆勒燕然⑤？

【注释】

①马邑：今山西朔县。龙堆：白龙堆，在今新疆。以上两地都是泛指边塞。②层城：指京城。③机中锦字：前秦安南将军窦滔出镇襄阳，其妻苏蕙很是思念，于是织璇玑图给他，共八百四十字，纵横反复，皆能成诗。④元戎：主将。⑤返旆（pèi）：班师回朝。旆：古代旗末端状如燕尾的飘带。勒燕然：东汉窦宪大破匈奴后，曾于燕然山上勒功而还。勒：刻。

【赏析】

这是一首闺怨诗，诗人借思妇的角度抒写春怨，抒发了万千思妇期望战事早日结束，征夫能功成名就归来的美好心愿，并暗藏了诗人自身对战争的厌恶和愤恨。全诗情意缠绵，含蓄隽永。

头两句点题。第一句点『春』，第二句点『相思』。马邑在今山西朔县，汉朝曾和匈奴争夺此城。新年临近，到处『莺啼燕语』。此刻，征夫正戍守远在千里之外的马邑龙堆。

三、四句交代思妇与征夫的处所相隔遥远，分别在长安和胡地。身在长安的思妇思念远在胡地的征夫，渴望着一颗心随着明月一起飞到边疆的胡地，思夫之情急切。

五、六句，诗人借用典故和拟人的手法写春情离恨。窦滔是前秦皇帝苻坚的秦州刺史，后被贬龙沙。其妻苏蕙能文善思，给丈夫寄去织在锦上的回文旋图诗，诉说了绵绵的相思。那首诗共八百四十个字，纵横反复皆通文意。借用锦文，诗人表达了思妇的相思之恨。下句用了拟人的手法，写连楼上的花枝也取笑思妇在春光中独眠。

最后两句，诗人用汉将窦宪的事迹，故意反问征夫何时功成返乡。东汉时，窦宪是车骑将军，大败匈奴后曾登上燕然山，命班固写铭文刻在石上。

本诗借汉咏唐，讽刺穷兵黩武，表达了反战的思想。

## 晚次鄂州①

卢纶

云开远见汉阳城，犹是孤帆一日程。估客昼眠知浪静②，舟人夜语觉潮生③。三湘愁鬓逢秋色④，万里归心对月明。旧业已随征战尽⑤，更堪江上鼓鼙声⑥？

【注释】

①次：停泊。②估客：商人。③舟人：船家。④三湘：漓湘、潇湘、蒸湘的总称。⑤旧业：指家中产业。⑥鼓鼙（pí）：指军鼓。

【赏析】

本诗是诗人在安史之乱平复后于行船途中所写的抒怀诗，通过对秋江凄清夜色的描绘，抒写了诗人长期漂泊，急切思归的苦闷情怀，表达了诗人渴望安定统一、和平安居的美好愿望。一首好诗，贵在有真情实感。卢纶的这首诗写自身在乱世中的背井离乡、颠沛奔波之苦，情真意切，不事雕琢，佳句自出。

首联扣题，写诗人『晚次鄂州』，但不露痕迹。浓云散开，诗人举目远眺，汉阳城依稀可见，一种喜悦的情绪流露而出。诗人在战乱中漂泊，早已厌倦了行旅生涯，巴不得早有个安憩之所。云开见汉阳城，怎能不喜？次句诗人笔锋突转，说因为天晚，不得不在鄂州停泊。一个『犹』字，道出了诗人的急迫心情，一个『孤』字，流露出了诗人旅途中的寂寞情绪。

颔联描绘舟中情景，诗人以简笔勾勒出身在船舱中百无聊赖的生活。白天风平浪静，单调的行旅生活使人昏昏欲睡，同船的商贾不觉入梦；夜间江潮看涨，船家絮语，让诗人更觉长夜漫漫。估客昼眠，独寻美梦；舟人夜语，自得其乐。这一昼一夜的描写更加衬托出诗人昼夜难眠的焦躁心情。

颈联借景抒怀，抒发诗人的身世飘零之感和彻骨的思乡之情。诗人飘零于江湘之间，国难家愁，已使他双鬓星霜，恰巧又逢寒秋，他满怀愁绪无处排解！离家万里，欲归不能，这一片乡情，他只能托与天上明月。一个『逢』字，将白发与秋色熔入一炉，愁绪倍增；一个『对』字，把有心与无情结为一体，意蕴深远。而上句的『秋』与下句的『心』，正好合成一个『愁』字，可见诗人构思巧妙。

尾联诗人直陈心中感慨。『旧业』指家中原有用来维持生计的家业。『鼓鼙』借指战乱。原有家业已随战乱化为乌有。诗人飘零江湖，忽然听到江上传来战鼓的声音，情何以堪！这两句，诗人将思乡之情与忧国愁绪结合起来，深化了主题。

## 登柳州城楼寄漳汀封连四州刺史

柳宗元

**城上高楼接大荒①，海天愁思正茫茫。惊风乱飐芙蓉水②，密雨斜侵薜荔墙③。岭树重遮千里目，江流曲似九回肠。共来百越文身地④，犹自音书滞一乡。**

【注释】

①大荒：边远荒凉的地方。②飐（zhǎn）：吹动。芙蓉：荷花。③薜（bì）荔：一种常绿蔓生植物。

④百越：即百粤，指当时五岭以南的各少数民族地区。文身：古代南方少数民有在身上刺花纹的风俗。

【赏析】

本诗是诗人被贬柳州后怀念友人之作。诗寓情于景，描写了诗人登柳州城楼所见的茫茫大荒、海天、惊风密雨等凄厉景色，抒发了诗人心中汹涌澎湃的悲愤，表达了诗人对同遭贬谪的友人的深切怀念。漳汀封连四州，指的是漳州（今福建龙溪县一带）、汀州（今福建长汀一带）、封州（今广东封开县一带）、连州（今广东连州市一带）。

首联描写的是诗人登上城楼后的所见之景，属破题之笔。『高』与『接大荒』极写城楼的高，这是诗人远眺的基础。城楼高，所以视野辽阔，诗人才能放眼于千里之外，看到水天相接之处。此刻，诗人由所见之物引发感慨，借物抒发了『愁思』之情。『愁思』二字奠定了诗歌凄惨、悲凉、怨叹的基调。

颔联由远及近，诗人特意选取带有象征意义的『芙蓉』和『薜荔』展开描写。这两句是说狂风吹打着池塘的荷花，大雨斜打着满墙的木莲。此联兼用了赋、比、兴三种写法。芙蓉和薜荔是象征之物，前者象征人格的美好，后者则象征着人性的高洁。芙蓉出水，本于风无碍，但『惊风』仍然要将之摧毁；薜荔满墙，『密雨』本难侵入，但『密雨』偏要对其斜侵。清代学者纪昀评这两句云：『赋中之比，不露痕迹。』

颈联写的是诗人于风雨中看到的远景：层层叠叠的密林遮住了诗人远眺的视线，楼下的江流弯弯曲曲，流向远方。诗人眼随心动，转向了漳、汀、封、连四个地方，由景生情，引发无限愁绪。

尾联以诗人的感慨结篇。诗人和友人们被贬到偏远荒凉之地，已然万分孤寂，然而彼此之间却连音信都无法传达。这种处境又让诗人感到一丝悲凉。

全诗景中有情，境中有意，赋、比、兴兼用而又不着痕迹，表现出诗人与四位友人之间深厚的情谊，也蕴涵着天各一方、音书难通的痛苦之情。

## 西塞山怀古①

刘禹锡

王濬楼船下益州②，金陵王气黯然收③。千寻铁锁沉江底，一片降幡出石头④。人世几回伤往事，山形依旧枕寒流。从今四海为家日，故垒萧萧芦荻秋⑤。

【注释】

①西塞山：今湖北大冶东长江边，为长江中游要塞，三国时吴国以此为江防前线。②王濬（jùn）：晋益州刺史。③金陵：今江苏南京，三国时吴国建都于此。④石头：石头城，故址在今江苏南京清凉山，吴孙权时筑。⑤故垒：旧时的城垒。

【赏析】

长庆四年（824年），诗人由夔州刺史调任和州刺史，沿江东下，途经西塞山，即景抒怀，写下本诗。

首联以历史人物领起，咏怀古事。王濬，字士治，弘农湖县（今河南灵宝西南）人，家世二千石。太康元年（280年）晋武帝命王濬率领以高大的战船组成的水军，顺江而下，讨伐东吴。诗人便以『楼船下益州』写出这件史事。益州与金陵，相距甚远，诗人却说楼船一下，『金陵王气』便黯然『收』。双方之强弱对比顿显。颔联顺势而下，直写战事及其结果。东吴的亡国之君孙皓，欲凭借长江天险，在江中暗置铁锥，用千寻铁链横锁江面，自以为万无一失，谁知王濬用大筏数十，冲走铁锥，以火炬烧毁铁链，直取金陵。颈联点出西塞山之所以闻名，是因为其曾是军事要塞。而今山形依旧，可是人事全非。

这一联拓开了诗的主题。『寒』字和结句的『秋』字相照应。尾联，诗人宕开一笔，直写『今逢』之世：往日的军事堡垒，如今已荒废在一片秋风芦荻之中。而这残破荒凉的遗迹，便是六朝覆灭的见证，便是分裂失败的象征，也是『今逢四海为家』、江山一统的结果。全诗借古喻今，沉郁感伤，但繁简得当，直点现实。

## 遣悲怀（其一）

元稹

**谢公最小偏怜女①，自嫁黔娄百事乖②。顾我无衣搜荩箧③，泥他沽酒拔金钗④。野蔬充膳甘长藿⑤，落叶添薪仰古槐⑥。今日俸钱过十万，与君营奠复营斋⑦。**

【注释】

①谢公句：东晋宰相谢安最爱其侄女谢道韫。此指妻子从小娇生惯养。②黔娄：指自己家境贫困。③顾：看到。荩（jìn）箧（qiè）：荩草编成的箱箧。④泥他：软言求她。⑤甘：甘心。藿（huò）：豆叶。⑥仰：依仗。⑦营：办理。奠：祭品。斋：指请僧人超度。

【赏析】

此作回顾作者发达之前夫妻二人的艰苦生活，极写韦氏这从小受到千娇百宠的相府千金嫁给自己后尽心相助、安于贫贱的高贵品行。拔钗沽酒、野蔬充膳诸般描述无不生动形象、感人肺腑。结尾说自己如今俸钱超过十万，独自在此为妻子祭奠，愧疚之情、哀伤之意尤为深沉。

## 遣悲怀（其二）

元稹

昔日戏言身后意①，今朝都到眼前来。衣裳已施行看尽②，针线犹存未忍开。尚想旧情怜婢仆，也曾因梦送钱财。诚知此恨人人有，贫贱夫妻百事哀。

【注释】

①身后意：死后的打算。②行：行将。

【赏析】

韦氏从前曾经与作者戏言死后的事情，谁知玩笑话却变成了眼前的现实。作者因为不愿睹物思人，所以把妻子穿过的衣服施舍出去，将妻子做的针线活原封不动地保存了起来，不忍打开。他因为感念家中婢仆与妻子的旧日情分而对他们格外哀怜，因为梦到妻子仍然贫寒而烧送冥钱。他知道夫妻之间终不免阴阳两隔，只是想起妻子，想起她与自己共守贫贱、苦乐相伴的日子，每一点每一滴无不让他感到格外的悲伤。

## 遣悲怀（其三）

元稹

闲坐悲君亦自悲，百年多是几多时？邓攸无子寻知命①，潘岳悼亡犹费词。同穴窅冥何所望②，他生缘会更难期。惟将终夜长开眼，报答平生未展眉。

【注释】

①邓攸无子：晋邓攸在战乱中为拯救亡兄之子，丢弃了自己的儿子，以为自己还可以生养，但终无子嗣。

②同穴：合葬。窅（yǎo）冥：深远，渺茫。

【赏析】

独自闲坐的时候，作者想起了妻子，他感到悲伤，悲伤妻子的早逝，悲伤自己失去人生的良伴。人寿有限，纵然百年也终有完结之日，其间又常常闪过命运难以捉摸的影子，善良的邓攸终生不再有子，这不就是最好的例子吗？妻子早亡，许是命中注定，只是人死无知，作者想要为她写上一篇潘岳悼妻那样的诗篇，也是终觉徒然。他知道纵使与妻子同穴而葬，也会因为地下窅冥而哀情难通，知道他生再续前缘相见更是难以期待，他说，只有用自己长夜不寐的思念，去补偿妻子平生的眉头未展。

## 锦瑟

李商隐

**锦瑟无端五十弦①，一弦一柱思华年。庄生晓梦迷蝴蝶②，望帝春心托杜鹃③。沧海月明珠有泪④，**
**蓝田日暖玉生烟⑤。此情可待成追忆，只是当时已惘然。**

【注释】

①锦瑟：装饰华美的瑟。②庄生句：庄子曾经梦见自己化成蝴蝶翩翩起舞。③望帝句：相传蜀望帝杜宇死后其魂化为子规，即杜鹃鸟，鸣声凄厉哀怨，啼血方止。④沧海句：传说南海外鲛人，泣泪而成珠。⑤蓝田：山名，在今陕西，产美玉。

【赏析】

这首诗是李商隐的代表作，极负盛名，爱诗者无不喜吟乐道；然而，它又是最难懂的一首诗。对于本诗的主题，自宋元以来，众说纷纭，莫衷一是，有『爱情』『悼亡』『音乐』等。诗题『锦瑟』，用了起句的头两个字。旧说中有一种观点，认为这是一首咏物诗。但近来注解家似乎都主张：这首诗与瑟事无关，实是一篇借瑟以隐题的『无题』之作。从诗意来揣摩，认为本诗是诗人自伤身世之作的说法占主流。

首联两句，诗人以锦瑟起兴，引起对『华年』的追忆，有无限伤感之意。次句中的『一弦一柱』指一音一节，其关键在于『思华年』三字。一个『思』字，为全诗奠定了基调。

颔联中，诗人连用庄周和杜宇的典故，托故事言己情。『庄生晓梦』隐约包含着美好之意，却又是缥缈的梦境。在《寰宇记》中，子规就是杜鹃。这些与锦瑟又有什么关系呢？可能是锦瑟之妙音怨曲，引起了诗人无限的情思：往事如梦幻一般，所遭遇的不幸，无处倾诉，只好如望帝托杜鹃诉说春心。

颈联中，诗人连用传说，融情于其中，创造出了一种难以言说的完美境界。相传，珍珠是由南海鲛人（神话中的人鱼）的眼泪变成的。鲛人泣泪，颗颗成珠，是海中的奇情异景。月本天上明珠，珠似水中明月。由此皎月落于沧海之间，明珠泣于眼波之际，月、珠、泪，三位一体，在诗人笔下，构成了一个清怨的妙境。而传说盛产美玉的蓝田，经过旭日照射，会升腾起『玉气』（古人认为玉中藏有精气）。但玉气妙在只能远观，近看就消散无踪。因此，『玉生烟』是形容一种可望而不可即的处境。『珠泪』『玉烟』相互映衬，体现了诗人一种难以言表的惆怅心境。

尾联拢束全篇，明白提出『此情』二字，与首联中的『思华年』相呼应。诗人用两句话表达了几层曲折，而几层曲折又只是为了说明『此情』。『此情』到底为何情，耐人寻味。

全诗巧妙运用比喻和象征，情意含蓄，感慨深长，为难得的诗中上品。

## 隋宫

李商隐

紫泉宫殿锁烟霞①，欲取芜城作帝家②。玉玺不缘归日角③，锦帆应是到天涯。于今腐草无萤火④，终古垂杨有暮鸦⑤。地下若逢陈后主⑥，岂宜重问后庭花⑦。

【注释】

①紫泉：即紫泉宫，此代指长安隋宫。②芜城：指江都，旧名广陵，即今江苏扬州市。③日角：旧说额头中央部分隆起如日，为帝王之相。④于今句：隋炀帝曾于长安、洛阳等地征集萤火虫，夜游时放出观赏。腐草：古人认为萤火虫是腐草变的。⑤垂杨：隋炀帝开凿运河，沿堤植柳两千里，后称『杨柳』。⑥陈后主：南朝陈的第五个皇帝，荒淫误国，后陈为隋所灭，故世常以陈后主代亡国之君。⑦后庭花：《玉树后庭花》，为陈后主所作，后被视作亡国之音。

【赏析】

本诗为咏史名篇。诗人通过描写隋宫表现了隋炀帝的奢淫腐败，揭露了他祸国殃民不惜消耗天下财力以供其一己私欲的暴君面目，并借以警戒唐朝统治者。

首联点明本诗题旨，写长安宫殿上空已经被一片烟霞笼罩了，隋炀帝却丝毫不理会这些，只一味贪图享受。诗人把长安的宫殿与『烟霞』联系起来，旨在表现它的巍峨壮丽、高耸入云端。但就是这样壮丽的宫殿，却被隋炀帝视而不见，只能空锁于烟霞之中。颔联别具一格，诗人不写江都帝家之事，而是作了一种假想：如果不是因为皇帝玉玺落到了李渊的手中，隋炀帝是不会满足于游江都，他很可能会游遍天下吧！在这一联中，诗人深刻地表现了隋炀帝的骄奢淫逸，并对他导致亡国却至死不悟非常愤慨。接着，在颈联中，诗人列举了隋炀帝两个逸游的事实。『于今无』和『终古有』相互照应，形成对比，暗示萤火虫是『当日有』，而暮鸦『昔时无』，渲染了亡国后凄凉的气氛。两相对比，最终的目的却是表现其中一个方面，让人们从这一方面去想象另一方面，融酣畅淋漓和含蓄蕴藉于一体。尾联化用隋炀帝与陈叔宝梦中相遇的典故，用假设反诘的语气，揭示了荒淫亡国的主题。陈叔宝是历史上有名的荒淫亡国的君主，《后庭花》为他所制的反映宫廷淫靡生活的舞曲，后人称其为『亡国之音』。诗人在这里提到它，其用意在于：隋炀帝目睹了陈叔宝荒淫亡国的事实，却不吸取教训，如果他在泉下见到陈叔宝，怎么好意思再要求听《后庭花》呢？只问不答，余味无穷。

## 无题

李商隐

**昨夜星辰昨夜风，画楼西畔桂堂东。身无彩凤双飞翼，心有灵犀一点通①。隔座送钩春酒暖②，分曹射覆蜡灯红③。嗟余听鼓应官去④，走马兰台类转蓬⑤。**

【注释】

①灵犀：旧说犀牛角中有白纹如线，直通两端。②送钩：古时的一种游戏，将钩暗中传递，藏于一人手中，未猜中者罚酒。③分曹：分组。射覆：将东西放在器物下面让人猜。④鼓：更鼓。应官：办理官差。⑤兰台：即秘书省。

【赏析】

关于昨夜的记忆，最亲切的感触是闪烁的星光，温馨的和风，而在画楼西、桂堂东，作者又遭遇了最动人的邂逅。那份两情相悦的默契，让你相信即便没有彩凤的双翼，心灵间的灵犀也能冲破重重阻隔，清楚而完满地传递表达各自的心意。

昨天晚上的欢宴，隔座送钩，分组射覆，因为有了她的存在而更觉春意融融，酒格外暖心，灯红得迷人。在清寥的今夜回忆醉人的昨夜，作者想到她是否正身处新一轮的笑语欢歌。在不知不觉中，上差的鼓声已经敲响，他又不得不走马兰台，孤单渺小得就好像是随风飘转的飞蓬。

## 无题（其一）

李商隐

**来是空言去绝踪，月斜楼上五更钟。梦为远别啼难唤，书被催成墨未浓。蜡照半笼金翡翠①，麝熏微度绣芙蓉②。刘郎已恨蓬山远③，更隔蓬山一万重。**

【注释】

①笼：笼罩。金翡翠：用金线绣成翡翠鸟图案的被子。②麝熏：用麝香熏染。③刘郎句：相传东汉刘晨、阮肇入山采药，路遇两位美丽的仙女，邀他们结为眷属。半年后，刘、阮想要回家中探望，二女并没有阻拦，他们到家时才发现人间已经过了七代。等到他们再回去找两位仙女，却再也寻不到了。蓬山：指仙境。

【赏析】

说好了不久就会回去，但走后便无觅影踪。月儿低斜的五更时分，小楼上，睡梦中，他看到她因别离而悲泣，呼唤她却不答应。恍然惊起后，他急忙下榻写了书信给她。

在灯下想象她于烛光半笼的锦被旁静坐的样子，想象她在麝香初沁的芙蓉帐思念自己的情形，心中不禁生出无限愧疚怜惜之情，他因而悔恨当初的离开，无奈于相聚的重重阻隔；正如诗中所说：『刘郎已恨蓬山远，更隔蓬山一万重。』

## 无题（其二）

李商隐

飒飒东风细雨来，芙蓉塘外有轻雷。金蟾啮锁烧香入①，玉虎牵丝汲井回②。贾氏窥帘韩掾少③，宓妃留枕魏王才④。春心莫共花争发，一寸相思一寸灰。

【注释】

①金蟾：古人认为蟾蜍善闭气，故用以饰锁。②玉虎：井上的辘轳。丝：井绳。③贾氏句：晋韩寿英俊，司空贾充招他为僚属时，其女于窗中窥见韩寿，于是喜欢上了他。④宓妃：指洛神。留枕：相传曹植将过洛水时，忽见一美丽女子飘然而来，颇似自己故去的嫂嫂甄氏。甄氏赠以在家时所用玉枕以慰思念，曹植因之而作《洛神赋》。

【赏析】

诗写一位女子追求爱情失败后的痛苦。东风细雨，塘外轻雷，这般景象正如女主人公此时的心境，抑郁沉闷，怛恻不安。世间的事情，不论如何困难，都有办法可以达成心愿，比如香炉紧锁但香烟可以进入，比如井水虽深但长绳可以汲之；唯独爱情常常难以左右，它有时是贾女与韩寿水到渠成的缘分，有时是曹植爱慕甄氏一样的徒增遗憾。爱情让她苦受煎熬，她所以自诫道：爱人的心还是不要和春花争荣竞艳了吧，寸寸相思到头来都化为灰烬。

## 无题（其三）

李商隐

相见时难别亦难，东风无力百花残。春蚕到死丝方尽，蜡炬成灰泪始干。晓镜但愁云鬓改①，夜吟应觉月光寒。蓬山此去无多路②，青鸟殷勤为探看③。

【注释】

①云鬓：形容女子如云朵一样的头发。②蓬山：蓬莱。③青鸟：传说中的神鸟，是西王母的使者。

【赏析】

因为相见本就不易，所以分别就更让人感到依依不舍、苦在心头，那份缠绵悱恻，有如身处暮春无力的东风中，面对着凋残的百花。而当情思如春蚕之丝到死方尽，别泪如蜡炬之泪成灰方干，那么有情人在早晨愁看镜中渐染霜色的鬓发时，在清寒的月光下独吟诗篇时，那落寞的心境与浓重的思念又是何其难挨！诗的尾联作宽慰之语，意谓幸好你我相隔不算遥远，希望今后能时常探望对方。以美好的期盼和愿望来解释现实中不能长相厮守的遗憾。

## 春雨

李商隐

怅卧新春白袷衣①，白门寥落意多违②。红楼隔雨相望冷，珠箔飘灯独自归③。远路应悲春晼晚④，残宵犹得梦依稀。玉珰缄札何由达⑤，万里云罗一雁飞。

【注释】

①袷（jiá）衣：即夹衣。②白门：指江苏南京。意多违：许多事都与愿望相违。③珠箔：珠帘。④晼（wǎn）：太阳落山的样子。⑤玉珰（dāng）：玉耳饰。缄札：指密封的书信。

【赏析】

『怅卧新春白袷衣，白门寥落意多违』，本诗开篇点明时令，即新春。新春之夜，惆怅的主人公穿着『白袷衣』深切思念着远方的情人。『白门』是他以前经常和情人约会的地方，热闹非凡，而现在却因情人的不在而变得寥落冷清。『红楼』是情人以前住过的地方，但最后一次寻访时他却没有勇气走进去。因为没有了情人的红楼空荡而凄清。他就只能在红楼门前呆呆地站着，不知道过了多久，才猛然回过神来。『远路应悲春晼晚，残宵犹得梦依稀』，情人恐怕也在为春之将暮而伤感吧！但是，如今我们远隔千山万水，只能在依稀的梦中相见了。这两句将主人公的思念之切、心境之哀表现得淋漓尽致。『玉珰缄札何由达，万里云罗一雁飞』，思考过后，他拿出『玉珰』和『缄札』，把它们托付给冲破万里云霄的鸿雁，相信它一定能把自己的心意传达到。在这里，诗人创造性地借助自然景物，把『锦书难托』的抽象预感形象化，将怅惘的情绪与广阔的云天融为一体，真实感人。

## 利州南渡

温庭筠

澹然空水带斜晖①，曲岛苍茫接翠微②。波上马嘶看棹去③，柳边人歇待船归。数丛沙草群鸥散，万顷江田一鹭飞。谁解乘舟寻范蠡④，五湖烟水独忘机⑤。

【注释】

①澹然：水波荡漾的样子。②翠微：青翠的山色。③棹（zhào）：指船。④范蠡：春秋楚人，曾助越灭吴。功成名就后辞官乘舟而去，泛于五湖。⑤机：机心。

【赏析】

本诗是诗人在广元渡嘉陵江时有感而作。这是一首寓情于景的抒情诗，所描写的晚渡情景真切动人。诗人以朴实、清新的笔触描绘了一幅声色并茂、诗情画意的晚渡图，表达了自己打算效仿范蠡了却红尘、急流勇退、隐居山林的想法，流露出厌弃官场，无心功名的心绪。利州，唐属山南西道，治所在今四川省广元市，南临嘉陵江。南渡，指南渡嘉陵江。

首联总体描绘渡头景致，交代天色已晚：广阔的水面在夕阳的照射下波光粼粼；弯弯的岛屿同周围碧绿的山峦连在一起，一片云雾渺茫。一个『带』字，用得极其生动形象。颔联细致地写了江水中与江岸上的情形：船只缓缓远去，船上的马在嘶叫；江岸垂柳下，几个人边休息边等着船回来。这是何等的悠然自得。颈联细腻地描写了水鸟：沙草中的鸥鸟四散而去；万顷江田之上孤单的鹭鸟在翱翔。诗人实际是以鸟喻人，字里行间饱含深意。借前面六句对景物由远及近继而由近而远的描绘，日暮渡口浑然天成的美景被充分展示出来。尾联诗人触景生情，兴起与世无争、放浪江湖的感慨：谁能理解功成名就后的范蠡为何乘船归去？面对五湖烟波浩渺的湖水，唯有他能忘掉功名利禄。诗人借范蠡助越王勾践灭掉吴后急流勇退的典故，表明自己欲脱离尘世羁绊，归隐山林的出世思想。

整首诗层次分明，色彩明朗，用词朴实无华，余味悠长。

## 苏武庙

温庭筠

苏武魂销汉使前①，古祠高树两茫然。云边雁断胡天月，陇上羊归塞草烟。回日楼台非甲帐②，去时冠剑是丁年③。茂陵不见封侯印④，空向秋波哭逝川⑤。

【注释】

①苏武：于汉武帝天汉元年奉命赴匈奴，被匈奴扣留流放至北海牧羊。他羁留匈奴长达十九年，始终坚贞不屈，汉昭帝时遣使将其迎回长安。销魂：极度的感慨和激动。②甲帐：汉武帝用的帷帐。本句是讲苏武归来时武帝已死。③丁年：壮年。④茂陵：汉武帝陵墓。⑤逝川：逝去的时间。

【赏析】

这是一首凭吊古人的咏史诗。苏武是历史上有名的坚持民族气节的英雄人物。武帝天汉元年（前100年），苏武出使匈奴，被扣留。匈奴多次逼降，他坚贞不屈，后被流放到北海牧羊。直至昭帝始元六年（前81年），苏武才返回汉朝。温庭筠瞻仰过苏武庙后，感慨万千，便挥笔写了这首追思凭吊之作。

首联两句紧扣诗题，分写『苏武』与『庙』。汉昭帝时，匈奴与汉和亲。汉使到匈奴后，得知苏武尚在，乃诈称汉帝得苏武雁书，匈奴方遣苏武回国。首句，诗人想象苏武与汉使初次会见时的情景。『魂销』二字，生动地描画出苏武当时悲喜交加、感慨万端的情状。次句，诗人由人到庙，由古及今，描绘眼前苏武庙景物。『古祠高树』四字，渲染出浓郁的历史气氛，透露出诗人的崇敬追思之情。

颔联两句分别描绘了『云边雁断』和『陇上羊归』两幅图景，寓情于景，写苏武的思归情。『云边雁断』图形象地表现了苏武在音讯隔绝的漫长岁月中对故国的深长思念和欲归不得的痛苦。『陇上羊归』图，不仅展示了苏武牧羊的单调、孤寂生活，而且用『羊归』反衬苏武的『不得归』，对比鲜明，反衬强烈。这两句生动地概括了苏武十九年的幽禁生活。

颈联，诗人遥想苏武『回日』『去时』之所见所感。甲帐，据《汉武故事》记载，武帝以琉璃珠玉、天下奇珍为甲帐，次第为乙帐。甲以居神，乙以自居。苏武归国时，见往日楼台依旧，但『甲帐』已不复存在，流露出一种物是人非的感慨。此句隐含着苏武对武帝的追思。这两句诗由『回日』忆及『去时』，以『去时』反衬『回日』，令人感慨。尾联集中抒写苏武归国后对武帝的追悼。这种故君之思，融忠君与爱国为一体，将一个爱国志士的形象，生动地展现在读者面前。晚唐国势衰颓，民族矛盾尖锐，正需要这样的忠君爱国精神。而本诗表彰民族气节，歌颂忠贞不屈，也是时代的需要。

## 宫词

薛逢

十二楼中尽晓妆①，望仙楼上望君王。锁衔金兽连环冷，水滴铜龙昼漏长②。云髻罢梳还对镜，罗衣欲换更添香。遥窥正殿帘开处，袍袴宫人扫御床③。

【注释】

①十二楼：本指神仙所居之处，此指宫女居住的楼台。②水滴铜龙：龙首滴水的铜壶滴漏。③袴（kù）：同『裤』。

【赏析】

此诗写闭居深宫之中的宫妃的苦闷和怨恨。前六句以铺叙的手法描述了幽闭的宫门内宫妃们从早到晚多次梳洗打扮、盼望君王临幸的情景，真实地反映出宫中生活的单调无聊，以及身处其中的女性的悲惨命运。尾联写宫妃窥见宫人打扫御床以备皇上驾临正宫，猛然觉得自己远不及那些洒扫的官人接近皇上，心里愈加怨恨。

## 贫女

秦韬玉

**蓬门未识绮罗香①，拟托良媒益自伤。谁爱风流高格调，共怜时世俭梳妆。敢将十指夸针巧，不把双眉斗画长。苦恨年年压金线②，为他人作嫁衣裳。**

【注释】

①蓬门：茅屋的门。此指贫苦之家。②压金线：指刺绣。

【赏析】

这首诗以语意双关、含蕴丰富而被世人所传诵。诗人借一个未出嫁的贫女的独白和不幸遭遇，反映了不公平的世态人情，字里行间流露出诗人怀才不遇、寄人篱下的愤恨。

首联从贫女的衣着谈起。贫女自述生在蓬门，自幼穿粗衣布裳，从未有绫罗绸缎沾身。寥寥七字，勾画出一位纯洁朴实的女子形象。因为家贫，她虽早已是待嫁之年，却总不见媒人来问。抛开女儿家的羞怯矜持请人去做媒吧，可是每生此念，便倍加伤感。在这一联，少女矜持而复杂的心理被诗人刻画得淋漓尽致。

颔联转向描写外面的世界，刻画流俗的世情：如今，人们竞相追求时髦的华美服装，还有谁来欣赏我这不同流俗的『俭梳妆』？

颈联转回贫女自身，写她的个性：我有一双巧手，针线活出众，敢在人前夸口；决不迎合流俗，将眉毛画得长长的，同别人争妍斗丽。尾联又写了贫女不幸的现实处境。这一联紧承上联中的『针巧』，贫女说自己的亲事茫然无望，却每天压线刺绣，不停地为别人做出嫁的衣裳！最后一句蕴含着广泛深刻的内涵，浓厚的生活哲理，使全诗拥有了更大的社会意义。

诗人刻画贫女形象，既没有凭借景物气氛的烘托和居室陈设的衬托，也没有在女子的相貌衣物和神态举止的描摹上着太多的笔墨，而是借她在矛盾冲突中的自白来表达她内心的苦楚和哀痛。从语言表述上来看，诗人既没有化用典故，也没有用其他艺术手法，完全是书写了女子的喃喃自语。诗中的女主人公从家庭环境谈到自己的亲事，从社会风气谈到个人的志趣，亦含蓄、亦直接，越说越陷入沉重的烦恼苦痛中，直到吐出一句『苦恨年年压金线，为他人作嫁衣裳』。这最后一声疾呼蕴含了丰富的人生哲理，使全诗具有更大的社会意义。这首诗很可能也是诗人生活的真实写照，反映了封建社会贫寒士人不为世用的愤懑和不平。

七律乐府

## 独不见①

沈佺期

**卢家小妇郁金堂②，海燕双栖玳瑁梁③。九月寒砧催下叶，十年征戍忆辽阳④。白狼河北音书断⑤，丹凤城南秋夜长⑥。谁知含愁独不见，使妾明月照流黄⑦。**

【注释】

①独不见：《乐府诗集》解题云：独不见，伤思而不得见也。按：此题诸本多作『古意』，今从郭茂倩《乐府诗集》本改正。又：少妇作小妇，郁金香作郁金堂，木叶作下叶，谁为作谁知，更教作使妾。凡《乐府诗集》字句有与别本异者，皆从茂倩本故也。②卢家小妇：梁武帝萧衍《河中之水歌》有，『十五嫁为卢家妇，十六生子字阿侯。卢家兰室桂为梁，中有郁金苏合香』。这里指长安富家少妇。③玳（dài）瑁（mào）梁：指画梁。玳瑁：一种海龟，甲壳黄褐色，有黑斑，很光滑，可做装饰品。④辽阳：今辽宁辽阳一带。唐时为边防重地。⑤白狼河：即今辽宁大凌河。⑥丹凤城：指京城。⑦流黄：彩色的丝织品。

【赏析】

尽管身居用郁金香涂壁的华丽堂屋，但女主人公并不快乐，她看到画梁上双宿双栖的海燕，心中满是幽怨。凉秋九月，到处响着妻子们为征人捣制寒衣的砧声，听到这声音，少妇感到更加地凄凉寂寞，在她的眼中，纷纷木叶也仿佛是被砧声催落。十年光阴，她无日不在思念着戍守辽阳的丈夫，自从夫君音讯断绝，独守空闺的她忐忑不安、忧思重重地度过了一个又一个不眠之夜。
恼人的秋月，又一次将少妇的黄罗帐照得明晃晃的，引起了她『唯你不见我满心忧愁』的迁怒。

## 鹿砦①

王维

空山不见人，但闻人语响。返景入深林②，复照青苔上。

【注释】

①鹿砦，是辋川的地名。②返景：日光返照。

【赏析】

王维有《辋川集》组诗二十首，均描写辋川胜景，本诗为二十首中的第四首，为王维后期的山水诗代表作。诗歌写的是鹿砦傍晚时的清幽景色，非常有名。鹿砦，地名，砦，同『寨』，篱栅。

本诗很有创意，落笔先写『空山』寂绝人迹，接着以『但闻』一转，引出『人语响』。这里，诗人用短暂的、局部的『人语响』来衬托长久的、整体的寂静，恰是『立静』，而不是『破静』。后两句的描写对象从声音转到光色，从对空山语响的描写转到对深林返景的描写。表面上看，这一丝余晖能给阴暗的深林带来光亮。但是，当阴暗的森林中突然出现一丝余晖，照到斑驳树影中的青苔上时，巨大阴暗和局部光影形成了强烈对比，使森林的阴暗更加深邃。其中，『返景』点明了阳光的短促和微弱，也说明接着光影而来的还是无尽的阴暗。

本诗的衬托手法很出色，前两句用声音衬托寂静，后两句用光明衬托阴暗，声响光影融为一体。诗中有画，画外有音，音画相融，共合一诗，遂成难得的绝妙之作。

## 竹里馆①

王维

独坐幽篁里②，弹琴复长啸。深林人不知，明月来相照。

【注释】

①竹里馆：辋川别墅胜景之一。②幽篁：幽深的竹林。

【赏析】

在本诗中，诗人描写了在山林弹琴歌啸的闲适生活情趣，表现了清幽宁静、高雅绝俗的境界。整首诗仅二十个字，却是既有清幽之景又有孤独之情，既有弹琴长啸之声又有深林月光之色，既有独坐之静又有弹啸之动，既有实写（前两句），又有虚写（后两句）。

诗的前两句，写诗人独坐于幽静繁茂的竹林中，边弹琴边对天长啸。曲高必然和寡，因此诗人在后面两句写道：『深林人不知，明月来相照。』说的是，自己独居于深林中没有人陪伴，但也并不感觉孤寂，因为那轮明月还在时刻照耀着自己。此处，诗人运用了拟人的修辞手法，将遍洒清辉的明月当作心灵相通的知心朋友。

本诗虽然用字很简单，对人物和景色的描写也很平淡，如果把这四句诗分开来看，没有任何新奇之处。诗人写景只用了『幽篁』『深林』『明月』三个词，这是此类诗中的常用词，且『幽篁』和『深林』是指同一事物；描写人物也只用了『独坐』『弹琴』『长啸』三个词，这在其他的诗词中使用频率也非常高。然而其妙处在于四句话连起来后，能呈现出一种极富诗意的美好景致，产生出别样的艺术效果：月夜幽林之中，空明澄静，诗人坐在竹林中抚琴长啸，物我两忘，怡然自得。这里，心灵澄静的诗人与明月以及月下的清幽竹林融为了一体，成为自然景色中的一部分。诗人从整体上营造了一种境界、一种艺术美，使本诗产生了别样的艺术魅力，为后人长久传颂。本诗对景物和人物的描写看似信手拈来，实则匠心独运。

## 相思

王维

**红豆生南国，春来发几枝？愿君多采撷①，此物最相思。**

【注释】

①撷（xié）：摘。

【赏析】

本诗另题为《江上赠李龟年》，可以看出是诗人思念友人，借咏物寄托相思之情之作。『南国』是红豆的产地，也是友人的所在地。首句『红豆生南国』因物而起兴，语句简单却形象饱满。紧接着，『春来发几枝』一句轻声发问，承接自然。诗人用问句的形式，使诗的语气变得亲切自然。在这里，诗人只问红豆不问友人，其实恰恰是借询问生长在南国的红豆来问候身在南国的友人。这一句借物传情，语浅情深，语淡情浓，耐人寻味。接下来一句，诗人寄语他人多多采摘红豆，仍然是言在此处而意在彼处。这一句表面看来，诗人只是劝友人多多采摘红豆，其实诗人是以红豆借指自己的思念，暗示自己对友人深厚的情谊；同时，这一句还隐含着诗人对友人殷殷的期盼：友人采摘红豆的时候，应该也会思念自己吧！诗人以这样含蓄隽永的方式表露内心的情怀，使诗情曲折而动人，语意深沉而绝妙。末句『此物最相思』点明题意，『相思』和第一句的『红豆』相照应，不但切合『相思子』之名，且又与相思之情相关联，具一语双关之妙。

# 送崔九

裴迪

归山深浅去，须尽丘壑美。莫学武陵人①，暂游桃源里。

【注释】

①武陵人：指陶渊明《桃花源记》中的武陵渔人。

【赏析】

这是一首劝勉诗，写送友人归山，旨在劝勉友人崔九既然要隐居，就应该坚定不移，常驻山林；不要三心二意，入山复出，不甘久隐。本诗语言虽浅白，含意却颇为深远。崔九，即崔兴宗，曾为右补阙，为王维的妻弟。

诗的前两句『归山深浅去，须尽丘壑美』，是说友人此次回归山里后，无论山峰低谷，皆要前去，看尽山林美景。这自然是劝导友人不要再眷恋尘世的生活，将对山水的情感上升到一种和尘世生活对立的高度，这与他们对当时社会现状的厌烦及不满有关。诗的后两句『莫学武陵人，暂游桃源里』，是劝勉友人归隐山林。既然友人已在山水间发现生活的乐趣，就别再从那个境界回到现实中了。这既体现了诗人对归隐生活的肯定，也体现了他对社会现状的不满。那么，诗人为何要让友人留在那个『不知有汉，无论魏晋』的桃源仙境呢？裴迪大约生活在唐玄宗和唐肃宗在位时期，当时，唐玄宗重用口蜜腹剑的李林甫，专宠杨贵妃，导致政治非常黑暗，处于社会下层的知识分子不能入朝做官，而像裴迪、崔兴宗这种出身寒微的读书人更是毫无出路。因此他们甘愿归隐山林，过那种与世隔绝的生活。全诗简单明了，通俗易懂，却又立意很深；文字清丽优美，把诗人的心声表达得形象生动，不失为一首好诗。

## 终南望余雪

祖咏

终南阴岭秀①，积雪浮云端。林表明霁色②，城中增暮寒。

【注释】

①终南：终南山，今陕西省西安市南。阴岭：向阴的山岭。②林表：树林的外表。霁色：雪后的阳光。

【赏析】

这是一首眺望终南积雪的小诗。诗虽短，却朴茂奇崛，剪刻蕴藉。本诗是诗人在长安应进士试的诗作，按要求应试诗为五言六韵十二句，但他只作了四句便交卷。旁人问其原因，他回答说：『意尽。』

首句写终南山峰高谷深。第三句接着描写雪『林表』二字是上承『终南阴岭』自然是在终南高处。说明太阳已经落下半边。夕阳的余晖照射过来，将树林表面都照红了，自然也将『浮于云端』的余雪照亮了。尾句的一个『暮』字，也随之跃然纸上了。前三句都是写『望』中所见；末句写『望』中所感。一个『增』字，真实而贴切地写出了当时的气候特点及人的感受，景足意尽，神完韵远。

## 宿建德江

孟浩然

移舟泊烟渚，日暮客愁新。野旷天低树，江清月近人。

【赏析】

这是一首刻画秋江暮色，抒写羁旅之思的小诗，写出了诗人漂泊东南的感受。全诗情景相生，淡中有味，含而不露，风韵天成，为五绝中的写景名篇。诗人以拟人的手法，描绘了旷野天低、江清月近的清新景色，抒写了淡淡的羁旅客愁。建德江，在今浙江上游建德市，在新安江、兰溪合流处。

首句写羁旅夜泊，回应主题，为下句抒情做好铺垫：诗人将船停靠在江中的一个小洲旁，而这小洲被迷蒙的烟雾重重笼罩。这烟雾就像诗人的满心愁绪一样。次句抒情，别有味道：『日暮』承接上文，续写新愁。因为日落黄昏，所以要泊船停宿；也因为日落黄昏，江面上才水烟蒙蒙。本来诗人停船靠岸，想要静静地休息一夜，谁知在这众鸟归林、牛羊下山的黄昏时刻，羁旅之愁蓦然而生。

后二句远眺近观，写诗人日暮所见。日暮时刻，旷野无垠，一片苍茫。诗人放眼望去，天地相接，远处的天空比近处的树木还要低。夜渐临近，高挂在天上的明月，映在澄清的江水中，与船中的诗人是如此宁静、优美的意境。正是融为一体，创造出一种凄清的新愁与孤寂。清冷的秋色融『暮客愁新』但『秋』色逼人，回应『日两句虽是写景，也无愁字，生动形象，又亲切近人。这命的明月以无限的情感，既静为动的写法，赋予本无抚慰他寂寞的心灵。

全诗虽然以景结篇，但意犹未尽。诗人曾带着多年的准备与满腔的希望入京求仕，却被弃置，而今只能怀着一腔忧愤南寻吴越。身处异乡、孑然一身的诗人，面对茫茫四野、悠悠江水、孤舟明月，那羁旅的劳顿，对故乡的思念，仕途的失意……千愁万绪纷至沓来，便有了这首千古绝唱。

## 春晓

孟浩然

春眠不觉晓，处处闻啼鸟。夜来风雨声，花落知多少。

【赏析】

这是一首仅仅二十字的惜春小诗，是诗人隐居在鹿门山时所作。本诗抒发了诗人晨起所感，处处表现了诗人爱春、惜春的心情，意境优美深远。春眠初醒，闻啼鸟而喜春，又忆及夜间风雨，担心吹落春花……初读似觉平淡无奇，再读便觉诗中另有天地。诗人抓住春晨生活的一个片段，以自己一觉醒来后瞬间的所听、所感为切入点，用极少的笔墨描绘了一幅清新明媚的春之晨景。

本诗在时间的跨越上，以及情感的细微变化上，都非常富有情趣，读来令人回味无穷。全诗语言明白晓畅，读起来朗朗上口，同时不失优美的韵致，情景交融，意味隽永，超凡脱俗，为五言绝句中之上上作，千百年来一直为人们所喜爱和传诵。

## 静夜思

李白

**床前明月光，疑是地上霜。举头望明月，低头思故乡。**

【赏析】

这首小诗用简单平实的叙述来抒发远客的思乡之情，虽然没有新颖神奇的想象、华美艳丽的辞藻，但却情真意切，耐人回味，成为传诵千载的佳作。客居他乡的人，应该都会有这样的感觉：白天一切都还好说，可到了夜深人静的时候，心头就会不可抑制地泛起阵阵思乡之情，尤其是在月白如霜的秋夜！『床前明月光，疑是地上霜』，写清秋的夜晚，月白霜清。此处用霜色来形容月光，是古典诗歌中的常见写法。『疑是地上霜』不是模拟形象的状物之词，而是叙述之词，是诗人在秋夜这种特殊环境里产生的一刹那错觉。怎么会有这样的错觉产生呢？可以想见，这四句诗展现的是诗人客居他乡，深夜无法入眠、小梦乍回的情景。此刻，庭院是空寂的，从窗外透进的月光射到床前，不可避免地带上了一层秋夜寒意。诗人睡眼惺忪地望去，在恍惚中，好像看见地上铺了一层白色的浓霜；再稍稍定神细瞧，周围的环境告诉他，这不是霜而是皎洁的月光。月光引领着他又抬头望去，一轮明月挂于窗前，秋夜的天空真是明净非凡！此刻，诗人清醒过来了。一个『霜』字表达出了三层含义：一方面突出了月光的明亮、皎洁，另一方面又暗示了天气的寒冷，同时也烘托出了诗人当时的孤独寂寞之感。

秋夜的月格外明亮，同时倍显清冷，特别容易勾起孤独远客的旅思情怀。所以诗人『举头望明月』，遐想无限，想起家乡的亲人，想到家乡的一切。在冥想中，头又渐渐低了下去，沉浸在沉思中。结句『低头思故乡』中的『思』字写出了诗人对故乡亲朋好友、山水草木的思念。

诗人的内心由『疑』到『举头』，由『举头』到『低头』的这一串动作，为读者展现了一幅形象逼真的月夜思乡图，使人们从中领会到李白绝句的『自然』和『无意于工而无不工』。

## 怨情

李白

**美人卷珠帘，深坐颦蛾眉①。但见泪痕湿，不知心恨谁。**

【注释】

①深坐：久久呆坐。颦（pín）：皱。

【赏析】

这是一首写弃妇怨情的诗。诗中描写美人卷珠帘，夜半皱眉落泪的情景，含蓄地表达了她盼望爱人归来不得而哀伤怨恨之情。在中国古典文化中，达到一定高度和境界的作品，无论是诗歌还是绘画，都讲究气韵生动，讲究『意境』和『留白』。这首诗描写弃妇闺怨的诗歌，虽然只有短短四句，寥寥二十个字，却真正做到了充分留白，意蕴无穷；同时在刻画女性神态上也是真切细微，气韵生动，层次分明，引人入胜。

前两句描写美人等待盼望时的动作和神态。美人卷起珠帘，盼望着爱人早点归来。她静静地坐着，等啊等，一直等到双眉紧蹙，也没有见到爱人出现。一个『深』字，不仅点明了等待时间之长，而且还暗含有门庭深邃之意。后两句生动形象地描写了美人不见心上人的幽怨神情：她殷切期盼的心上人始终没有出现，不禁潸然泪下，泪流满面。全诗最后一句以问句结尾，写法巧妙。明明是怨恨情人不来，却偏要说『不知心恨谁』，这样写不仅做到了充分留白，而且这样收束全篇也使得诗歌读起来更加含蓄隽永，韵味无穷。

## 八阵图①

杜甫

功盖三分国，名成八阵图。江流石不转②，遗恨失吞吴。

【注释】

①八阵图：昔时诸葛亮曾布『八阵图』，垒石为阵，由『天、地、风、云、龙、虎、鸟、蛇』八阵组成，

用来操练军队或作战。②石不转：指水涨时八阵图之石岿然不动。

【赏析】

本诗为咏怀诸葛亮的吊古之作，作于大历元年（766年），抒发了诗人对诸葛亮卓绝功绩的敬佩之情，以及对他未能实现统一大业的遗憾之情。

第一、二句，诗人以工整的对仗，着力颂扬了诸葛亮的伟大功绩，尤其是他的军事才能和成就。前一句总写，高度赞扬了诸葛亮在三足鼎立局势形成中所起的作用。第二句分写，指出诸葛亮自创的八阵图在他的既有功绩上又添了闪亮的一笔。第三、四句，诗人直抒胸臆，发出感慨。前半句是对八阵图特征的描写。根据相关记载，八阵图遗址由细石堆积而成，有五尺高，六十围，纵横交错，星罗棋布，共排列六十四堆，始终保持不变。无论是夏天受到大水冲击之时，还是冬天万物失态之际，八阵图的石堆都稳如泰山，成为一处带有传奇色彩的历史遗迹。这个特征被诗人用五个字就带了出来，语言十分简洁、凝练。末句诗人由此联想到刘备吞吴失败，累及到诸葛亮联吴抗曹统一中国的宏图大业，不由得发出叹惜之声。

## 登鹳雀楼①

王之涣

白日依山尽，黄河入海流。欲穷千里目，更上一层楼。

【注释】

①鹳雀楼：在现山西永济。楼有三层，面对中条山，下临黄河。常有鹳雀停留其上，因此称鹳雀楼。

【赏析】

这首诗写诗人在登高望远中表现出来的不凡的胸襟抱负。诗句朴实简练，言浅意深，反映了盛唐时期人们昂扬向上的进取精神。鹳雀楼，唐代河中府西南城上的一座楼，因楼上常栖鹳雀，故名，在今山西省永济市蒲州镇。

本诗前两句侧重写『所见』。首句写远景，重点写山，写得景色恢宏、气象万千：诗人登楼遥望一轮落日向着楼前一望无际、连绵起伏的群山西沉，在视野的尽头冉冉而没。次句写近景，重点写水，写得景象壮观、气势磅礴：诗人目送流经楼前下方的黄河呼啸奔腾、滚滚南来，就像一条金色的丝带，飞舞在崇山峻岭之间，又在远处折而东向，流向大海。本诗后两句侧重写『所想』。『欲穷千里目』，写诗人有无止境探求的愿望，还想看得更远，看到目力所能达到的最远处，而唯一的办法就是站得更高些，『更上一层楼』。『千里』『一层』，都是虚数，是诗人想象中纵横两方面的空间。『欲穷』『更上』中又包含了多少希望，多少憧憬。这两句诗是千古传诵的名句，既别番新意，出人意表，又与前两句诗承接得十分自然紧密，表现了诗人向上进取的精神、旷达开阔的情怀，也道出了站得高才看得远的哲理。

## 弹琴

刘长卿

**泠泠七弦上①，静听松风寒②。古调虽自爱，今人多不弹。**

【注释】

①泠（líng）泠：形容声音清越。七弦：古琴七弦，故又称七弦琴。②松风寒：指琴曲《风入松》。

【赏析】

这是一首借物言志的诗，诗人通过慨叹古调受冷遇，不为世人看重，借以抒发自己怀才不遇的悲愤，舒解世少知音的遗憾。

因古琴有七根弦，「七弦」就成为琴的代称，首句点明了所咏的意象。「泠泠」原用于形容山泉击石所发出的清越响声，此处用以描摹琴音，清越之外有一种澄明清澈之感。古时上品的琴音用高山流水来形容，可见古调之超俗清逸。「松」为高洁象征，古来多有隐者士人于山间卧听松声。「松声」相较于「泠泠」的水声，少一分婉转圆润，多几分凄清肃杀，若是「松涛」则更雄浑豪迈了。以「静听」连缀这样声调清越骨气清健的古乐，描摹出听者的专注，此外，「静」也暗含了孤独之意。琴曲中，有曲调名为《风入松》，或为双关，语义高妙。

以头两句描摹音调为基础，后两句转入抒发情感，点明全诗主旨。因汉魏六朝多战乱，民族融合，胡乐渐兴，仅南方清乐尚用琴瑟。至唐，音乐变革，「燕乐」变为主流，主曲演奏以西域传入的琵琶为主。胡乐是更能表达世俗欢快心声的新乐，它有民歌的纯真热烈，又不乏绮丽悠扬，因此受到民众欢迎。如松风的古乐虽美妙，而今却只是「古调」了。「虽自爱」表现出诗人曲高和寡的孤独感与遗憾，「多不弹」则确证了古调广泛意义上的衰落。推而广之，不仅诗人自己知音难求，世上爱古调的人都寥寥可数了。诗人借古调的衰落表达了怀才不遇、知音难觅的慨叹。

全诗从对琴声的赞美，转而对时尚慨叹，流露出诗人孤高自赏、不同凡俗、稀有知音的情操。刘长卿才华卓绝，但却因诬陷等数遭贬谪。对高洁的坚持使他不能与流俗相合、与众人为伍。这首诗贯穿了他对于高雅高尚高洁的赞美，抒发了他对不与世俗同流合污的坚持以及坚持背后的遗憾与清寂。

## 秋夜寄丘员外①

韦应物

**怀君属秋夜②，散步咏凉天。空山松子落，幽人应未眠。**

【注释】

①丘员外：名丹，曾任尚书郎，后隐于平山。②属：正值。

【赏析】

此为一首怀念友人的诗。丘员外，指丘丹，是韦应物在苏州时交往密切的好友，二人之间常有唱和。当时，丘丹在临平山习道修行，韦应物写下这首诗以寄托情怀。

第一句『怀君属秋夜』，点出时间是秋天的晚上，而这『秋夜』的景致和『怀君』的情愫正好相互映衬。第二句『散步咏凉天』，自然地承接上句，与上句之意紧紧相扣。第三、四句，是诗人想象所怀之人此刻在远方的情况，隐士经常以松子作为食物，因此松子掉落时节就会忆起对方。最后两句是虚写，出于诗人的想象，不仅是由前两句生发，而且也加深了前两句的诗情。从全诗来看，诗人综合使用实写和虚写两种写作手法，令眼前之景和意中之景同时呈现，将怀念友人之人和所怀念之人连到一起，进而抒发了两地相思的深挚情感。全诗笔墨不多，却蕴含着无限意味：语淡而情浓，言短而意深。

# 听筝

李端

鸣筝金粟柱①，素手玉房前。欲得周郎顾，时时误拂弦②。

【注释】

①金粟柱：指筝的弦轴细而精美。柱：枕弦定音之物。②欲得两句：东吴他必能辨知，并且一定要回头看一看，故吴中有歌谣云：『曲有误，周郎顾。』

【赏析】

这是一首描写女子弹筝的小诗，主要描写弹筝者的心理。从诗意看，这首小诗写一位弹筝女子为博意中人青睐而故意出错的情态，写得婉转细腻，富有情趣。

首句写筝之美，次句写弹筝者之美。『柱』是系弦的部件。『金粟』形容筝柱的装饰华贵。『素手』表明弹筝者是一位美丽的女子。前两句写出了一个美丽的女子坐在华美的房舍前，用纤细的手指拨动筝弦，悦耳的筝声就从华美的筝畔流转开来。三、四句诗是全诗的关键所在，描写了『误拂弦』的心理。『周郎』指东汉末年时吴将周瑜，在此处比喻弹筝女子心仪的知音者。『时时』是强调她一再出错，显出故意撩拨的情态，表明她的用心不在献艺寻求知音，而在其他。为了所爱慕的人顾盼自己，故意将弦拨错，弹筝女可爱的形象跃然纸上。

本诗的巧妙之处就在于诗人通过仔细观察，抓住了日常生活中表现人物内心状态的典型细节，把弹筝女子复杂而难以捉摸的心理，想博取知音青睐的心情，委婉地写了出来，非常生动、逼真。

## 新嫁娘词

王建

三日入厨下①，洗手作羹汤。未谙姑食性②，先遣小姑尝③。

【注释】

①三日：按照古代的习俗，新娘嫁到夫家的第三天要下厨做菜，俗称『过三朝』。②谙（ān）：熟悉。③小姑：丈夫的妹妹。姑：婆婆。

【赏析】

本诗描写了新妇出嫁第三天，进厨房煮饭烧菜的情景。诗人通过对『下厨』这一生活细节的描写，将新妇小心谨慎、勤劳聪敏的形象刻画得入木三分，既反映了封建家庭中媳妇地位的低下，也暗绘出封建文人初登仕途时谨慎小心、希求恩宠的心态。诗的前两句是平白叙述。女子出嫁后第三天开始下厨做饭，是中国古代的习俗，俗称『过三朝』。羹汤，这里泛指饭菜。第三句『未谙姑食性』是个转折，使诗情出现波澜。在封建制度下的家庭中，『姑』，也就是婆婆，是当家之人，对新妇来说是非常重要的长辈。尾句『先遣小姑尝』，是整首诗的华彩之处，言虽少而意味浓厚。在此之前，新媳妇其实有一个推理过程：小姑子与婆婆长期生活在一起，必然会有相近的饮食习惯；小姑子是婆婆抚养长大的，必然和婆婆的饮食习惯相似。只要知道了小姑子的习惯，便可知道婆婆的习惯了。如果按照这样的推理写下来，本诗难免落入俗套，没有新意，所以诗人别出心裁，选取新妇小心翼翼准备食物的典型场景作细致描写，显得韵味十足。整首诗仅有二十个字，毫无铺陈雕饰，但若反复玩味，就能体会到其中的妙处。

## 行宫　元稹

**寥落古行宫，宫花寂寞红。白头宫女在，闲坐说玄宗。**

【赏析】

从安史之乱结束到元稹写这首诗，时间已经过去了四十多年，国家的主人已然换了几任，前朝遗留下来的东西，除了江河日下的国势以外，还有已经无人问津的行宫，以及其中被遗忘了的宫女。行宫中的花儿寂寞地开着，曾经青春靓丽的宫女们已是白发苍苍。她们坐着、谈着，记忆好像只停在了开元、天宝年间，谈话的内容也只限于有关玄宗的陈年旧事。小诗短小精湛，意味隽永，倾诉了宫女无穷的哀怨之情，寄托着作者心中深沉的盛衰之感。

## 江雪　柳宗元

**千山鸟飞绝，万径人踪灭。孤舟蓑笠翁①，独钓寒江雪。**

【注释】

①蓑笠翁：披蓑衣、戴斗笠的渔翁。

【赏析】

这首五言绝句，是柳宗元的代表作品之一，约作于谪居永州（今湖南零陵）期间。柳宗元被贬永州，政治的失意使他的精神上受到了很大打击。于是，他就借描写山水景物，借歌咏隐居在山水之间的逸士，来寄托自己清高而孤傲的清寂悲凉之情。全诗虽然只有二十字，但画面感极强，且情景交融，浑然一体。

本诗的构思十分精巧，诗人综合使用了对比、衬托的写作手法：以千山万径的辽阔衬托孤舟渔翁的微小；以鸟绝人无的寂灭对比渔翁垂钓的情趣；以画面的静谧、清冷衬托人物内心思绪的翻涌。

本诗的特点，首先是营造了冷峻、凄寒的氛围。单纯就诗的字词来看，第三句『孤舟蓑笠翁』好像是诗人描写的重点，占了整个画面的主要位置：一个披蓑戴笠的老渔翁独坐于小舟上垂钓。这一句中的『孤』字显示出老翁的远离凡尘，及其超凡脱俗、清高孤傲的个性特点。诗人所要表达的主题在此已经显示出来，然而诗人还觉得意兴不够，便又为渔翁用心营造了一个辽阔无垠、万物无声的艺术境界：远处山峰高耸，万条小路纵横，只是山间没有一只飞鸟，路上没有一个行人。大雪带来的寒冷造就了一个白茫茫的清冷世界。这一背景清晰地衬托出老渔翁孤单、渺小的身影。在这一时刻，他的内心会是多么孤寂、凄冷啊！此处，诗人运用烘托和渲染的写作手法，着重描写老渔翁垂钓之时的天气情况及周边景致，轻描淡写，寥寥数语就营造出冷峻、凄寒的抒情氛围。

本诗的第二个特点是，生动地表现了诗人被贬永州后不甘屈从而又深感孤寂的内心状态。在『永贞革新』失败之后，柳宗元接连遭到贬谪，但仍保持着一种坚贞不屈的精神状态。他所作的『永州八记』，专门描写偏远穷困地区的风景，借文章表达思想，寄托情怀。在柳宗元的诗文中，不论是一棵草还是一株树，都反映出他极其孤寂、凄苦、落寞的心情，充分体现了他超凡脱俗、清高孤傲的个性。本诗中的老渔翁，独处凄寒、清冷的境界而依然故我，进入杳无人烟的环境仍泰然自若。他的风度、气概，以及坚贞不变的心态，难道不令人敬慕吗？

结构清晰、构思巧妙，是本诗的另一个特点。诗的题目为『江雪』，然而诗人落笔处并未点题。他先描写了千山万径的寂静和凄冷。随后，诗人突转笔锋，描写了正在孤船中垂钓的披蓑戴笠的渔翁形象。直至诗的结尾诗人才写出『寒江雪』三个字，正面点破题目。茫茫的天际，白雪覆盖的大地，这种辽远的景象十分吸引人。读到最后，倒过头来再读整首诗，读者心中就会不禁生发出一种豁然开阔明亮的感觉。

## 玉台体

权德舆

**昨夜裙带解，今朝蟢子飞①。铅华不可弃②，莫是藁砧归③？**

【注释】

①蟢（xǐ）子：长脚蜘蛛，也作喜子。②铅华：用来化妆的铅粉。③莫是：莫不是。藁（gǎo）砧（zhēn）：古代女子称丈夫的隐语。

【赏析】

本诗写女子盼望夫君归来的心理，运用双关隐语，生动地表现了女子的真挚情意，富有江南民歌风味。

玉台体，指艳情诗体。权德舆这首诗，写明是效仿『玉台体』，描写的是妇人思念丈夫之情，感情诚挚、朴素、蕴藉，可以说是通俗而不庸俗，快乐而不淫佚。

人们在寂寥烦闷的时候，经常会左顾右盼，寻找好运的征兆。尤其是春闺独自守空房时，更容易出现这样的心绪与举动。在我国古代，妇女束腰系裙的带子，有的是丝束，有的是帛缕，有的是绣絛，一不注意，就会使绾结松开。而这从古代以来，绾结松开一直被视为夫妻好合的征兆。见到『裙带解』，痴情的女主人公便立刻将这个偶然的现象和自己思念丈夫之情联系到一起——难道是丈夫要归来了？她欢喜不已，晚上都未能安睡，第二天早上，她又看见房屋顶上捕捉蚊子的蟢子在飞来飞去。所谓『蟢』者，即『喜』也。『今朝蟢子飞』也是一个好的征兆。吉兆接连出现，这应该不会是偶然吧？最后两句『铅华不可弃，莫是藁砧归』，是说惊喜不已的女主人公不禁默想道：『我还是应该用心梳妆打扮一下，可能夫君外出就要回来了！』

本诗的语言朴素自然，却将女主人公的感情刻画得非常细腻。比如『裙带解』『蟢子飞』这些不会引起大多数人留意的小事，却激起了女主人公内心深处无法平复的波澜。另外，本诗写得委婉蕴藉，耐人玩味。丈夫外出后，女主人公的境况、心情怎么样，诗人都没有进行说明，然而通过『铅华不可弃』的内心独白就可推知一二。

## 问刘十九

白居易

**绿蚁新醅酒①，红泥小火炉。晚来天欲雪，能饮一杯无。**

【注释】

①绿蚁：指浮在新酿的没有过滤的米酒上的绿色泡沫。蚁同蚁。醅（pēi）：没有过滤的酒。

【赏析】

这是一首劝酒诗，诗人以此邀友人刘十九（即刘轲，河南登封市人，白居易的朋友）来饮酒叙谈。酒能醉人，本诗却比酒还醇浓。『绿蚁新醅酒，红泥小火炉』这二句选取了富有代表性的新酒和火炉，将一幅整席待客、温馨恬静的画面呈现出来：新酿的美酒犹未滤清，尚且浮着微绿色的酒渣；小巧又朴素的泥炉里，嫣红的炉火烧得正旺。面对这些描述，读诗之人怎能不酒虫大动，忍不住想要同挚友欢饮一番呢？而此时此刻又恰好『晚来天欲雪』。想到夜雪若是洒下，寒气弥漫开来的情形，就更勾起了读诗之人喝上几杯的愿望。加上暮色低沉，大家已经闲了下来，守在火炉边小酌一番，不是正适合这雪前的黄昏吗？于是就在这时，诗人不失时机地发出了『能饮一杯无』的询问，又或者说是邀请，将希望与友人共饮的愿望表达得令人心醉。有如此诱人的美酒、红火，更有友人如此深厚的情谊，包括刘十九在内的所有读者，都会为之心驰神往吧！

诗人并未在开门见山地写到了酒之后马上切入主题，而是十分含蓄地、一层层地渲染着，直到最后才以『能饮一杯无』这样一个问句发出了邀请。我们不妨想象一下，刘十九接到这首小诗之后，一定会立刻赶到诗人家中，同诗人围炉饮酒，『忘形到尔汝』。这时天空真的下起雪来，两个人就着炉火的温暖，赏雪、欢饮、畅谈……这些温馨的场面并未在诗中出现，但联想起来却十分自然。这便是诗人层层渲染而又凝练含蓄的写作手法所达到的艺术魅力。诗人通过近乎口语般质朴不加修饰的语言，将雪夜邀请友人饮酒这一场景所蕴含的浓厚的生活气息展现无遗，并且赋予了作品极强的艺术感染力，使之耐人寻味，堪称佳作。

## 何满子

张祜

**故国三千里，深宫二十年。一声《何满子》，双泪落君前。**

【赏析】

本诗写幽闭深宫的宫女的痛苦和怨恨，句句用数字，两两对比，突出表现宫女遭遇的悲惨，揭露封建后宫制度的残酷性，唱出了千万宫女的普遍心声。《何满子》，唐代教坊舞曲名，曲调婉转悲凉。

这是一首短小精致的宫怨诗。与一般短小的宫怨诗相比，这首诗有其特殊之处。大多数以绝句体裁写成的宫怨诗，在表达方式上讲究婉转含蓄，内容上通常也只写宫人悲惨生活的一个片段，留下更多的空间让读者去想象。而这首诗则与众不同，它不但对宫人的生活画面进行了全景展示，而且直叙其事，直写其情。将宫人寂寥凄凉的人生遭际直截了当呈现出来，引人慨叹。

『故国三千里，深宫二十年』两句，诗人以加一倍、进一层的表现手法，把宫女不幸的境遇，深重的苦痛、怨恨集中描写了出来。首句着眼于空间，点明宫女离家之远；次句落笔于时间，点明宫女入宫之久。宫女在宫中生活，既饱受思念亲人之苦，又没有被宠幸的幸福可言，这对正值芳龄的青春少女而言，本身就是难以忍受的酷刑，更不用说『故国三千里，深宫二十年』了。在这里，诗人仅用十个字就写出了宫人远离故乡、幽闭深宫的不幸遭遇。这两句诗语言简洁凝练，极具感染力，看似轻描淡写，实则举重若轻。

『一声《何满子》，双泪落君前』两句诗不藏不掖，直接描写宫女在君前挥泪的怨恨之情，写出一个失去幸福自由的女子的真实情感。久积成怨之下，一声悲歌，两泪齐落，正是女主人公心中深埋的怨情直接抒发的结果。这两句诗以强烈取胜，不以含蓄见长。一般宫怨诗多写宫女失宠或不得幸的哀怨，而本诗却一反其俗，写在君前挥泪怨恨，还一个被夺去幸福自由的女性的本来面目。事直说，情直抒，这也是本诗的独到之所在。

全诗只用了『落』字一个动词。其他全部以名词组成，因而显得简括凝练，强烈有力。而每句诗中又都嵌入了一个数字，将事件表达得清晰而明确。

# 登乐游原

李商隐

向晚意不适①，驱车登古原②。夕阳无限好，只是近黄昏。

【注释】

①意不适：心情不舒畅。②古原：即乐游原，是长安附近的名胜，登原后能眺望整个长安城。

【赏析】

这是一首登高望远、即景抒情的诗。诗中描写了诗人傍晚驱车前往乐游原观赏夕阳的情景，并在『夕阳无限好，只是近黄昏』的喟叹中，吐露了诗人感怀自身处境、忧虑国事兴衰的心境。

乐游原，本名『乐游苑』。在汉代时，汉宣帝的皇后许氏难产而死，葬于此地，于是汉宣帝在这里设立了庙苑。因为『苑』『原』谐音，遂传为『乐游原』。在乐游原上可以眺望长安城，中晚唐之际，长安的平民百姓们喜欢来这里游玩，仕宦才子们也喜欢来这里吟诗作赋。诗人另有一首七言绝句《乐游原》：『万树鸣蝉隔断虹，乐游原上有西风。羲和自趁虞泉宿，不放斜阳更向东。』也是登临古原，触景萦怀，抒写情志之作。看来，乐游原是诗人素所深喜、不时来赏之地。

这首小诗开篇点题，『向晚意不适，驱车登古原』两句交代了登乐游原的原因是『向晚意不适』。『向晚』说的是天快黑的时候，『意不适』三字，为全诗奠定感情基调。诗人心中抑郁，为排遣愁怀，因此才驾着车子登上古原。

后面两句写登上古原触景生情，为整首诗的意义所在。诗人来到乐游原，放眼望去，锦绣山河一览无余，夕阳下的景色美不胜收，禁不住发出了『夕阳无限好』的感叹，表达出对眼前大好河山的热爱。然而，诗人在精神得到享受的同时也感受到了西山日暮的沉郁苍凉。于是诗人笔锋一转，借『只是』一词，表达出自己心中深深的哀伤之情。万千感慨都凝聚到了『只是近黄昏』五个字上。最后两句口吻看似平常，实则寄寓了诗人无限情思，发人深省。诗人透过当时大唐的表面繁荣，预见到了严重的社会危机。同时，这两句诗也可以理解为：人生到了垂暮之年，表现出老者对往昔峥嵘岁月的无限怀恋，吐露出『劝君惜取少年时』的意味。

在唐代诗人留在乐游原的近百首绝句中，本诗是最为出色的一首，世代为人们传诵。

## 寻隐者不遇

贾岛

**松下问童子，言师采药去。只在此山中，云深不知处。**

【赏析】

这是一首问答诗，诗人采用了寓问于答的手法，将诗人进山寻访隐者不遇的心情起落描摹得淋漓尽致。其言繁，其笔简，情深意切，白描无华。

这首诗最大的特点就在于精练。贾岛是苦吟派诗人，以炼字闻名。他不仅着眼于锤字炼句，在谋篇构思方面也同样狠下苦功。在本诗中，他把三轮问答精简于四句诗中，短短二十字，意蕴无穷。首先，在一二句之间，诗人省略了一句自己的问话。『松下问童子』，必有所问，只是问题被诗人隐去了。但从童子所答『师采药去』四字推出，诗人见松下童子所问的是『师往何处去』。之后，在二三句之间，诗人依旧延续隐去问题的手法，省略了『采药在何处』这一问句，只保留了童子的回答『只在此山中』。这一隐一答如同画中大片的留白，给人以想象的空间。末句则再次拓展了想象的空间，把人带到更为空灵的境界中：远山云雾缭绕，如同仙境，在其中采药的隐者如同神仙，来去无踪。不仅在于简练。单言繁简，还不足以说明它的妙处。诗贵善于抒情。这首诗的最大抒情特色在于平淡中见深沉。一般访友，问知友人不在，也就扫兴而走了。但这首诗中，诗人一问之后并不罢休，又二问三问。这三番答问，逐层深入，表达感情有起有伏。『松下问童子』时，心情轻快，满怀希望，『言师采药去』，答非所想，坠入失望：『只在此山中』，失望之中又萌生了一线希望；及至最后一答：『云深不知处』，就惘然若失，无可奈何了。

诗除了要通过艺术形象来抒发感情之外，还讲求画面感。表面上看，本诗好像没有一点色彩，全为白描，而且是淡淡着墨，不是浓重泼洒。实际上，诗中的形象很自然，色彩明亮，浓淡适宜。繁茂的青松，飘浮的白云，这松和云，青和白，形象及色彩正好与云山深处的隐士身份相吻合。而且，没见到隐者之前先看到美丽的画面，挺立的青松中蕴含着蓬勃的生机；之后见到飘浮不定的白云，使人不禁产生『秋水伊人』无处找寻的联想。从诗中形象的交替变化，色彩的先后差异中也反映出诗人感情的转换。本诗中的隐士以采集药物、济世救人为生，因此诗人对他十分敬慕。诗中的白云显出他的高尚脱俗，青松显出他的傲骨，既是写景，又是比兴。只有这样，诗人敬慕而未能遇到，便更显出其惆怅之情了。

## 渡汉江

宋之问

岭外音书绝①，经冬复历春。近乡情更怯，不敢问来人②。

【注释】①岭外：岭南。②来人：从家乡来的人。

【赏析】

这首诗是诗人由贬所泷州逃归洛阳，途经汉江（指襄阳附近的汉水）时所作。

这首诗的前两句追叙诗人贬居岭南的情况。诗人被贬斥到蛮荒之地，本来就很悲惨，更何况和家人又音讯隔绝，彼此不知生死。在这样的情形下，诗人熬过漫长的岁月，历经寒冬，迎来新春，心情更加凄苦。在本诗中，诗人未平行列出空间的阻隔，音信的断绝，时间的悠远这三层意思，而是逐层递进、逐步展现，这就增强和深化了游子贬居蛮荒时的愁苦、烦闷，以及对故乡和亲人的思念之情。『复』两字，看似未着力，却可见诗人的用心。诗人居于贬所之时那种与尘世隔离的孤独，丧失所有精神安慰的困苦，还有度日如年的煎熬，皆清晰可感。乍读起来，这两句平平叙起，似乎无惊人之处，却在无形中为下两句出色的抒情做好了铺垫。后两句着重言情，细腻生动，真切感人。一位远离家乡的游子，踏上归途，当然心情欢悦，而且这种欢悦会随着家乡的临近而越来越强烈。通过『情更怯』和『不敢问』，读者能强烈地感受到诗人当时竭力压制的迫切愿望及因此带来的巨大的精神痛苦。这种抒发情感的方式，既真实，而又富有情趣，耐人玩味。

## 春怨

金昌绪

打起黄莺儿，莫教枝上啼。啼时惊妾梦，不得到辽西①。

【注释】

①辽西：辽河以西，此代边地。

【赏析】

这是一首闺怨诗，为脍炙人口、广为传诵的五绝名篇之一。本诗构思新奇，取材单纯而含蕴丰富，意象生动，语言活泼，具有民歌色彩。它通篇词意连属，句句相承，环环相扣，四句诗形成了一个不可分割的整体，达到了『就一意圆净成章』的效果。

首句突兀而起，令人疑惑。黄莺本是讨人欢喜的鸟，而诗中的女主角为什么却要『打起黄莺儿』呢？人们读了这一句无法知道本诗要表达什么意思，不禁会产生疑惑，于是就会急着从下句找答案。次句果然对第一句做出了解释，原来『莫教枝上啼』，明确了是黄莺的啼叫声打扰了女主人公。然而鸟儿的啼鸣和花儿的芳香本来皆是春天的美妙事物，尤其黄莺的啼声又特别清脆动听，人们不禁还要追问：为什么她不让莺啼呢？于是又要在下句中寻找答案。果然，第三句诗又给出了解释，之所以『莫教啼』，是因为『啼时惊妾梦』。可是，她为何这么在意她的梦呢？接二连三的疑惑最终归向最后一句，答案也昭然若揭：原来，女主人公的这个梦不是一般的梦，而是去辽西的梦。她唯恐梦中『不得到辽西』。至此，读者才看出，本诗原来运用的是逐层倒叙的写作手法。本来是女主人公怕被吵醒好梦而不让莺儿啼鸣，为了不让莺儿啼鸣而要打莺儿，但诗人却倒着写，最终才给出答案。然而，这最终的答案依然蕴含着未表之意。诗人还给读者留下了一串疑问：一名闺中少女为何要做到辽西的梦呢？她有何亲眷在辽西？她为何想要背井离乡，远赴辽西？本诗的题目为《春怨》，诗中人究竟怨的是什么呢？莫非怨的仅是黄莺，仅怨莺啼惊扰了她的好梦吗？以上这些，不用一一道破，却又仿佛不言自明，任凭读者浮想联翩。如此一来，此首小诗就不止在诗内见婉曲，更在诗外见深意了。它也就不仅仅是一首抒发儿女之情的诗，而是具有深刻的社会时代内容，表现了当时兵役制度下广大民众所忍受的巨大痛苦。

## 哥舒歌

西鄙人

**北斗七星高，哥舒夜带刀。至今窥牧马①，不敢过临洮②。**

【注释】

①窥：窥伺。②临洮（táo）：今甘肃岷县，唐时常与吐蕃交战于此。

【赏析】

哥舒翰于天宝年间任安西节度使，屡破吐蕃兵，控地数千里，本篇就是当时流行于西部边境的一首歌颂哥舒翰赫赫战功的诗歌。这首诗可以说是五言诗与民歌的结合体，既有诗的和谐音韵，又不失民歌自然流畅、朴实淳厚的风格；尽管年代相去久远，如今读来，亦能感受西域民众对于哥舒翰将军的无限仰慕之情。

# 七言绝句

## 回乡偶书

贺知章

少小离家老大回，乡音无改鬓毛衰①。儿童相见不相识，笑问客从何处来？

【注释】

①衰：稀少。

【赏析】

唐天宝三载（744年），贺知章辞掉朝廷官位，返归故乡越州永兴（今浙江萧山）。当时，他已经八十六岁，离开故乡已经有五十余年了。诗人少年离家考取功名时充满远大抱负，雄姿英发，但再次返乡时却已鬓发斑白，人生暮年。看到故乡物是人非，诗人心头不禁涌出万般慨叹，因此写下本诗，表达了年华易逝、尘世沧桑的慨叹。本诗是难得的感怀佳作。《回乡偶书》中的『偶』字，不仅是说作本诗的偶然，还吐露出本诗的诗情源于生活、发于内心。

在前两句的描写中，诗人身处故乡熟悉而又陌生的环境中，一路走来，心情复杂，难以平静：当初离开故乡时，青春年少，风姿勃发；今朝返乡，鬓毛已斑白稀疏，不由得感慨万千。第一句，诗人以『少小离家』和『老大回』的对比，总括出自己几十年客居他乡的情况，暗露自己因『老大』而伤感的情绪。第二句，诗人用『鬓毛衰』承接上句，具体描写自己的衰老之态，并用未变的『乡音』衬托已变的『鬓毛』，暗含『我未忘故乡，故乡是否还记得我』的疑问，为下面两句写儿童因不认识而发问埋下了伏笔。

诗的后面两句，诗人由描写充满慨叹的自我画像，转为描写富有戏剧性的儿童含笑发问的场面。“笑问客从何处来”一句，在儿童看来，仅是简单的一问，语尽则意尽；在诗人心中，却是一个沉重的打击，引出了他不尽的慨叹。诗人年老体衰及反主为宾的哀伤，全都蕴含在这看似平常的一句问话中了。整首诗就在这“有问无答”处悄悄结束。而诗句之外的含义却像空谷余音，哀伤婉转，久久萦绕不去。

就整首诗来看，前两句还算平淡，后两句，诗人却急转笔锋，另辟新境，写得十分巧妙：虽然抒写哀伤之情，却借助欢乐的场景来展现；虽然为了写自己，却通过写儿童来体现。而且，诗中所写的儿童发问的场景又非常富有生活趣味。就算读者不被诗人多年客居他乡、如今年老体衰的感伤所感染，也必定会被这一别有情趣的生活场景所感动。

## 桃花溪

张旭

**隐隐飞桥隔野烟，石矶西畔问渔船①。桃花尽日随流水，洞在清溪何处边？**

【注释】

①矶（jī）：水边突出的岩石。

【赏析】

这是一首描写景物的诗，是借陶渊明《桃花源记》的意境而作的。

本诗从远处入笔，描写山谷幽深，云雾缭绕，恍若仙境。首句写远景；横跨山溪上的长桥在云烟中忽隐忽现，似有似无，恍若在虚空里飞腾。在这里，桥的静和烟的动相得益彰：野烟将桥的静化为动，使桥看上去缥缈虚无；桥将野烟的动转为静，让烟宛如垂挂的轻纱帷幔。隔着这『帷幔』看桥，别有一番朦胧之美。随后，诗人的写作视角移到近处，描写桃花溪水，渔船轻摇，询问渔人，寻觅桃源。第二、三句写近景。近处，如岛如屿的岩石突出水面，溪水上飘零着朵朵桃花。碧波之上，小舟轻泛，空灵现于朦胧之中。诗人站在古老的石矶之旁，看着溪上漂流不尽的桃花瓣及渔船遐想，自然地想到那『林尽水源』，恍恍惚惚之间，仿佛将眼前的渔人当成当年曾走进桃花源里的武陵渔人。因此，那『问』字就顺口说出。这一『问』字，使诗人自己也进入了画面中，令读者在这一山水画里，不仅见到了山水的秀美风光，还见到了人物的情态。『问渔船』三个字，生动地展现出诗人一心向往的情态。诗人问得很有趣：『桃花尽日随流水，洞在清溪何处边？』他仿佛真的以为这随水漂流的桃花瓣是从桃花源中流过来的，因此由桃花联想到进入桃花源的洞。诗至此戛然而止，但尾句的问题却又引人无限遐思。诗人的笔墨精巧轻快，从远及近，从实到虚，接连变化角度来展示景物。同时，诗人又不进行繁复、细腻的描绘，只是轻描淡写，勾勒轮廓，融情于景，让诗成为一幅写意画作，悠远蕴藉。

## 九月九日忆山东兄弟

王维

**独在异乡为异客，每逢佳节倍思亲。遥知兄弟登高处，遍插茱萸少一人①。**

【注释】

①茱萸（yú）：落叶小乔木，开小黄花，有浓香，古人每逢重阳佩插它以辟邪。

【赏析】

这首诗是王维十七岁旅居长安时所作。九月九日重阳节本是亲人团聚的佳节，但诗人为考取功名，旅居长安，孤身独处，难免在这一日生起思亲之情，于是写下这首诗。

在本应合家团圆的『佳节』，诗人却独处异乡，非常思念家人，其悲凉寂寥的生活可见一斑。本诗第一句点题，一个『独』字点出了诗人的寂寞。『异乡为异客』只是说客居他乡，然而两个『异』字所形成的艺术效果，却较之一般地述说客居他乡要更加强烈。诗人『孤独无依』和『遇逢佳节』的处境，为下面做了充足的铺垫，使那句流传千古的名句『每逢佳节倍思亲』水到渠成。第三、第四两句是说，今日，身在遥远故乡的兄弟们带着茱萸登高之时，却发现少了一个兄弟。在这里，诗人觉得遗憾的似乎并非是自己不能回家过节，反而是兄弟们不能团聚在一起；诗人自己独自客居他乡的处境似乎并不值得倾诉，反而是兄弟们的遗憾之感更需要安慰。这种转换角度的曲笔写法看似有悖常理，却收到了比平铺直叙更生动的效果。

## 芙蓉楼送辛渐①

王昌龄

**寒雨连江夜入吴，平明送客楚山孤②。洛阳亲友如相问，一片冰心在玉壶。**

【注释】

①芙蓉楼：旧址在今江苏镇江市。辛渐：王昌龄的朋友。②平明：清晨。

【赏析】

本诗作于天宝元年（742年），王昌龄在江宁（今南京市）任县丞时所写，是诗人为朋友辛渐所写的送别诗。芙蓉楼，在唐代润州城上西北，故址在今江苏镇江市。

第一句从昨夜之雨写起，为送别营造了清冷的氛围。蒙蒙的细雨笼罩着江宁，交织成一片没有边际的网。夜晚的雨增添了清寒的秋意，也渲染出离别的感伤气氛。第二句里的『平明』点出送友人的时间；『楚山孤』三个字，表达了诗人送友人时的心情。第三、四句，诗人写的是自己，却仍与送别之意相吻合。上句一个『孤』字如同感情的引线，自然而然牵出了诗人后两句的临别叮咛之辞：『洛阳亲友如相问，一片冰心在玉壶。』诗人从清透无瑕的玉壶中捧出一颗晶莹纯洁的冰心，就比任何相思的言辞都更能表达他对亲友的深情。此外，诗人在这里也是用玉壶、冰心自喻，以表现自己高洁的品格和坚贞的信念。全诗情景交融，浑然融为一体，蕴涵着无穷的韵味。

## 闺怨

王昌龄

**闺中少妇不知愁，春日凝妆上翠楼①。忽见陌头杨柳色②，悔教夫婿觅封侯。**

【注释】

①凝妆：盛装。②陌头：道边。

【赏析】

诗以『闺怨』为题，起笔却写道『闺中少妇不知愁』。难道闺中少妇果真不知道发愁吗？当然不是。诗人这样写更突出强调了由『不知愁』到『悔』的幽怨、离愁和遗憾。当时正处于大唐盛世，远征他乡、建立战功、封侯封爵是绝大多数有志男儿的毕生追求。这位闺中少妇想必也是希望自己的夫君能有朝一日『建功封侯』，所以『不知愁』也是合情理的。

紧接下来的第二句勾勒出这位少妇在阳光明媚的日子里『凝妆』登楼远眺的画面。春日清晨，闺中少妇精心梳妆打扮后，却不能随便出门，只能独自一人在自家的高楼远望。这两句既表现了她的『不知愁』，又为下句的『悔』做了铺垫。

第三句是全诗的诗眼之所在。少妇所见不过寻常之杨柳，何以谓之『忽见』？其实诗句的关键在于少妇见到杨柳后忽然触发的心理变化和联想。在古代人的心中，杨柳不只代表着『春色』，同时也是友人分别时互相赠送的礼物。很早以前，古人就有折柳相送的习俗。因为那迷蒙的杨花柳絮与人的离情有着某种内在的相似之处，所以少妇看见春风吹拂下的杨柳，必然会联想起许多事情，而眼前这美妙的春光却没有人和她一起欣赏……也许她还会想到，丈夫驻守的边关，不知道是黄沙漫天，还是与家乡一样杨柳依依呢？

在这一系列的联想之后，少妇心里那积聚已久的哀怨、离情及缺憾感就突然变得强烈，并一发不可收拾。于是，『悔教夫婿觅封侯』就成了少妇自然流露出的情感。『忽见』二字说明，杨柳色仅是引起少妇情绪变化的一个媒介，只是外部原因。如果没有少妇平日感情的积聚，她的希望和无可奈何，她的幽怨和哀愁，杨柳是不可能这样强烈地触发其『悔』的情感的。因此说，少妇的情绪变化看起来很突然，实际上却并不突然，而全是合情合理的。

## 春宫曲

王昌龄

昨夜风开露井桃，未央前殿月轮高。平阳歌舞新承宠，帘外春寒赐锦袍。

【赏析】

失宠者在春夜暖风中独自徘徊，悲凉无限；得宠者在料峭春晨收得锦袍之赐，感受主上无限关怀。二者的境遇都以气候衬出，以暖衬冷，以冷衬暖，诗人借此强烈对比，来替历代失宠者抒发心中怨意。

## 下江陵①

李白

**朝辞白帝彩云间②，千里江陵一日还。两岸猿声啼不住，轻舟已过万重山。**

【注释】

①江陵：今湖北江陵县。②白帝：白帝城，在今重庆奉节。

【赏析】

肃宗乾元二年（759年）三月，李白流放夜郎，取道四川赴贬地，行至夔州白帝城，遇赦得还。李白忽闻赦书，惊喜交加，旋即放舟下江陵，故诗题又作『下江陵』。本诗是一篇富于意境的经典名篇，诗人把疾迅的舟行和两岸景色风物融为一体，通过飞舟疾下的画面生动表现了他获赦的喜悦欢快心情。

首句写早上开船时的情景：诗人清晨辞别江边山顶上的白帝城，此刻白帝城云雾缭绕，云雾在初升的太阳的照耀下显得色彩缤纷，非常漂亮。诗人从山下仰望，白帝城就像藏在彩云中间一样。『彩云间』三字，极写白帝城的高峻，为全篇写船下水行快做好铺垫。这一句同时交代了辞别的时间是彩云萦绕的早晨。诗人在这曙光初灿的清晨，告别白帝城，兴奋之情溢于言表。

第二句紧承上句，写江陵之远，舟行之迅速。『千里』形容路程之远，『一日』说明行舟之快。『千里』

和『一日』，诗人用空间之远与时间之短做悬殊对比，更加突写了船快。更妙的还是『还』字，将诗人急于『回家』的急切心情表现得淋漓尽致，也隐隐透露出诗人遇赦还乡的喜悦。

三、四句转到对途中两岸景物的描绘上，实际上是对上句的具体描述。古时长江三峡，常有高猿长啸，然而何以『啼不住』呢？只因舟行如飞，两岸风光目不暇接，诗人听着不绝于耳的猿啼声，不知不觉，『轻舟已过万重山』。『轻』字再次强调舟行之快，从中可以看出诗人心情舒畅、归心似箭。『猿啼不住』与『轻舟已过』相互映衬，描绘出一幅雄伟壮丽的锦绣山河图，表达了诗人不畏艰难险阻、毅然前进的胸襟和气概。

全诗洋溢着诗人经过艰难困苦之后突然迸发的一种激情，雄峻而欢悦，使人神往。

## 送孟浩然之广陵

李白

**故人西辞黄鹤楼，烟花三月下扬州。孤帆远影碧空尽，惟见长江天际流。**

【赏析】

唐玄宗开元十八年（730年）春，李白正游历于汉口一带，恰逢落第而归的孟浩然要东游吴越，李白为之送行。而两位风流潇洒的伟大诗人之间的离别，无疑是一种诗意的离别。李白作为一位浪漫诗人，在写下本诗时自然充满浓郁的畅想。本诗为送别诗的经典名篇。诗人把对友人无限眷恋、难舍难离的惜别深情，借孤帆渐渐在碧空消失，唯见长江水在天际流的场景，含蓄生动地表现出来，情景交融，余味不尽，给人无限的美感享受。广陵，今江苏扬州市。

首句点明送别的地点——黄鹤楼。唐代黄鹤楼处于武昌西黄鹤矶上，踞山临江，得形势之要，登楼八面来风，凭栏可极目千里，素有『天下江山第一楼』的美誉。登临送客，诗人自然诗兴大发，文思泉涌。友人要走了，还是在曾经共游的胜地分手，诗人心中的惋惜、不舍之情自是不用言说。

次句写明送别的时间——阳春三月和友人的去处——扬州。诗人在『三月』前加上『烟花』二字，将送别的环境描绘得诗意十足，不仅再现了那暮春时节、繁华之地的迷人景色，而且也透露了开元盛世的时代气氛。『下扬州』之扬州，更是当时最繁华的都会。在这春光明媚的时节，老朋友要去那繁华的大都市扬州，诗人不禁心生羡慕。

但最妙的还是后两句以景写离情，表现了老朋友离去之后诗人的惆怅。诗人伫立江边，目送孤帆远去。直到帆影消失在碧空尽头，翘首凝望的诗人才注意到『惟见长江天际流』，足可见他目送时间之长。这两句实写的是眼前景象，可是谁又能说这是单纯地写景呢？诗人对老朋友的一片深情，还有无限的向往之情，不正像这浩浩东去的一江春水吗？

寓离情于写景中，以景物写出离愁，是本诗的最大特色。诗人将当时的所见、所闻、所感巧妙地融合在一起，将对友人的依依不舍之情表现得淋漓尽致。全诗文字绮丽，意境优美，为千古丽句。

## 江南逢李龟年

杜甫

**岐王宅里寻常见①，崔九堂前几度闻②。正是江南好风景，落花时节又逢君。**

【注释】

①岐王：睿宗第四子李范，封岐王。②崔九：殿中监崔涤，玄宗宠臣。

【赏析】

唐代宗大历五年（770年）暮春时节，在阔别四十多年后，杜甫与友人李龟年在潭州（今湖南长沙）偶然重逢。此时二人境遇相似，都居无定所，四处漂泊。相同的境遇、凄凉的晚年生活、过往生活的巨大反差，让诗人感慨良多，就此写下本诗。

李龟年是盛唐时期著名的音乐家，长于歌唱，也会作曲，并熟知地方音乐。他在音乐上才华卓绝，所以受到了唐玄宗的垂青。但安史之乱后，李龟年被迫流落江湘。

第一、二句，是诗人对当年与李龟年交往情景的回忆。『岐王』，即唐玄宗的弟弟、唐睿宗（李旦）的儿子李范，因好学爱才扬名，雅善音律。『崔九』，名涤，是中书令崔湜的弟弟，经常出入皇宫，是唐玄宗的宠臣，曾任秘书监。『岐王宅里』『崔九堂前』是开元盛世时期两个有名的文艺名流汇集的地方。当年诗人常常出入其间，结交李龟年这样的有才之人。而今，这已经成为可望而不可即的梦境，诗人只能在回忆中寻找当年的美好时光。在这追忆当中，流露出诗人对开元盛世的深深眷恋和怀念。第三、四句，诗人停止追忆，回到现在。正是江南风景秀美的大好时节，置身其中，原本应该流连美景，但诗人现在看到的却是凋零的落花和颠沛流离的白发人。哀景衬出悲情。『落花时节』里，身世之感，时代之痛，显现其中。『正是』和『又』，一转一跌，隐藏着诗人的深深慨叹。全诗未用一个伤感之字，但感伤之情却在叙述当中如涓涓细水，一点点流出，耐人寻味。

# 逢入京使

岑参

**故园东望路漫漫，双袖龙钟泪不干①。马上相逢无纸笔，凭君传语报平安。**

【注释】

①龙钟：湿漉漉的样子。

【赏析】

这是一首边塞诗。本诗约写于天宝八载（749年），诗人此时三十四岁，前半生功名不如意，无奈之下，出塞任职。诗人第一次远赴西域，辞别了居住在长安的妻子，踏上了漫漫征途。可以想见，远离京都和家园的诗人，他的心情是无限凄凉的。西出阳关后，也不知走了多少天，诗人又遇上了和自己反向而行、去往长安的人。两个人互叙寒温后，诗人得知对方要返京述职，不免更加感伤。但同时，诗人又想安慰家人，报个平安，于是想请去往长安的人给家里捎个信。本诗就描写了这一情景。这样朴素的人之常情，被诗人用朴实无华的叙述式语气道出，更觉得真切感人。入京使，即入京城长安的官使。

首句写眼前实景。『故园』指的是诗人在长安的家园。『东望』点明家园的位置，也说明诗人在走马西行。诗人辞家远征，回望故园，自觉长路漫漫，平沙莽莽，真不知家在何处。『漫漫』二字，让人有一种茫茫然的感觉。

次句带有夸张的意味，强调诗人对亲人的思念之情。『龙钟』本意思是说淋漓沾湿，在这里是说诗人涕泗横流，万分悲伤。『龙钟』与『泪不干』用得非常形象，将诗人对亲人的无限思念表现得淋漓尽致。

有道是『男儿有泪不轻弹，只是未到伤心处』，诗人此时止不住流泪，都是因为他太伤心了。这些描写虽然有些夸张，但显然是诗人真情实感的流露。

三、四句写诗人以匆匆的口气，让京使捎口信：走马相逢，没有纸笔，我也顾不上写信了，就请你给我捎个平安的口信到家里吧！诗人此行抱着『功名只向马上取』的雄心，因而此刻，他的复杂心情可想而知：他一方面对家乡亲人无限眷念，另一方面又渴望建功立业、鹏程万里。

这首诗的好处就在于不假雕琢，信口而成，真挚自然。诗人善于把许多人心头所想、口里要说的话，用艺术手法加以提炼和概括，使之具有典型的意义。诗歌在平易之中显出丰富的韵味，自能深入人心，历久不忘。

## 滁州西涧①

韦应物

**独怜幽草涧边生，上有黄鹂深树鸣。春潮带雨晚来急，野渡无人舟自横。**

【注释】

①滁州：今安徽滁县。西涧：西面的山间溪流。

【赏析】

这是一首山水名篇，也是韦应物的代表作之一。唐德宗建中年间，韦应物出任滁州刺史，不久又罢官改任。本诗大约写于此时。滁州，其治所在今天的安徽滁县，位于淮河之南，长江之北，是一座山城。西涧，在滁州西门外，俗名上马河，在北宋欧阳修于仁宗庆历年间守滁州时已『无所谓西涧者』，即淤塞无水了。

纵观全诗，诗人通过描写涧边幽草、深树莺啼、带雨春潮、野渡横舟等有声有色的自然景色，表现了滁州西涧优美淡远的风光。全诗紧扣诗题，写西涧的优美、幽静。首句写涧边，二句写涧上，三句写涧潮，四句写涧渡。虽然全篇只有一个『涧』字，但句句不离涧水，将『西涧』之景描绘得真切动人。

## 凉州词

王翰

**葡萄美酒夜光杯，欲饮琵琶马上催。醉卧沙场君莫笑，古来征战几人回。**

【赏析】

本诗是描绘边塞生活的名曲之一。全诗描写了广袤边塞来之不易的一次盛宴，勾画出戍边将士尽情畅饮、欢快愉悦的场面，表现了将士们视死如归的英雄气概，也抒发了诗人痛恨战争的愤慨之情。诗人自身的旷达豪迈在本诗中表现得淋漓尽致。凉州曲：唐乐府名，属《近代曲辞》。凉州即今甘肃省武威县。

首句，诗人用饱蘸激情的笔触、铿锵激越的音调、绚丽优美的词语，将一个五光十色、酒香四溢的盛大酒宴场景活灵活现地描写出来。耀眼炫目的酒杯，飘香四溢的酒气，此等景象多么使人惊喜，令人兴奋。这一句为全诗的抒情渲染了气氛，定下了基调。第二句用『欲饮』两字，将热闹的豪饮场景进一步展现出来。『马上』二字，往往使人联想到『出发』，事实上，来自西域的乐器琵琶本来就是胡人骑在马上弹奏的。『琵琶马上催』一句，意欲勾勒出盛宴中欢快轻松的画面：正在大家『欲饮』未得之时，乐队奏起了琵琶，昭示宴会的开始。那短促有力的音律仿若劝酒令，敦促将士们开怀畅饮，使已经热烈的气氛瞬间达到了高潮。

三、四句描写了盛宴上将士们互相斟酌劝饮，尽情尽致，乐而忘忧的场面。耳听着阵阵欢快、激越的琵琶声，将士们兴致高昂，开怀畅饮，不一会便有阵阵醉意袭来。不胜酒力的人想要搁杯，却听到他人高呼：

『我们早已将死生之念抛于脑后，即便是醉卧沙场，也请在座各位莫要笑话，醉不醉就随它去吧！』这三、四两句正是席间的劝酒之词，借由『醉卧沙场』表现出来的不仅是豪爽旷达的感情，还有着视死如归的勇气。

诗中征人们所饮的酒，为西域特产的葡萄美酒；所用的杯，是西胡人用白玉精制而成，如『光明夜照』般璀璨夺目，因此叫作『夜光杯』；所奏的乐器，是胡人的琵琶；此外『沙场』『征战』等词语，都体现出浓厚的地方特色和军营生活的韵味。

## 枫桥夜泊

张继

**月落乌啼霜满天，江枫渔火对愁眠。姑苏城外寒山寺①，夜半钟声到客船。**

【注释】

①姑苏：苏州。寒山寺：传高僧寒山居此而得名。

【赏析】

这是一首记叙诗人夜泊枫桥时所看到的景象和自身感受的诗。一个秋天的夜晚，诗人泊舟苏州城外的枫桥。江南水乡秋夜幽美的景色，吸引着这位怀着旅愁的客子。平凡的桥，平凡的树，平凡的水，平凡的寺，平凡的钟，使他领略到了一种难言的诗意美。经过诗人的再创造，一幅情味隽永的江南水乡夜景图呈现出来，成为流芳千古的名作。霜天凄清，残月朦胧，乌啼悲凉，疏钟远送，游子愁对渔舟，独伴渔火，这些诗中景象渲染了清冷孤寂的气氛，刻画了幽深的意境。诗人运思细密，短短四句诗中包蕴了六景一事。一动一静，一明一暗，江边岸上，景物的搭配与人物的心情达到了高度默契，千百年来脍炙人口。

首句，诗人写了午夜时分三个密切关联的景象：月落（所见）、乌啼（所闻）、霜满天（所感）。残月西沉，令人压抑；乌啼凄哀，催人泪下；霜华满天，寒气逼人。诗人开篇连用比兴，三管齐下，创设出一番清冷凄凉的意境，为后面抒发愁绪做好铺陈。『霜满天』，并不符合实际的自然景观，却完全切合诗人的感受：深夜侵肌砭骨的寒意，从四面八方围向诗人夜泊的小舟，使他感到身外的茫茫夜气中正弥漫着满天霜华。

次句，诗人接着描绘『枫桥』附近的景象和自身的感受。朦胧夜色中，江边的树只能看到一个模糊的轮廓，之所以称『江枫』，也许只是因枫桥这个地名而引起的推想。透过雾气茫茫的江面，可以看到点点『渔火』，特别引人注目。『江枫』与『渔火』，一静一动，一暗一明，一江边，一江上，景物配搭颇具用心。『愁眠』，当指满怀旅愁的诗人。一个『对』字，包含了『伴』的意蕴。孤孑的诗人面对霜夜江枫渔火，缕缕轻愁，挥之不去。

前两句共十四字，写了六种景象，后两句却只写了一件事：卧闻山寺夜钟。在如此凄凉、静谧的暗夜中，突然传来一阵钟声，听觉冲击力特别强烈。这『夜半钟声』就不但衬托出了夜的静谧，而且揭示了夜的深永和清寥。诗人卧听钟声时的种种难以言传的感受也就尽在不言中了。枫桥的诗意美，有了这古刹钟声，显得更加丰富，令人遐想。

## 寒食

韩翃

春城无处不飞花，寒食东风御柳斜。日暮汉宫传蜡烛，轻烟散入五侯家。

【赏析】

相传韩翃的知制诰官职便是凭借本诗获得：韩翃早年并不得意，称病在家。一天半夜，他的好友韦贺上门道喜："韩员外已拜官为驾部郎中知制诰。"韩翃非常吃惊，认为朋友一定是弄错了。原来，唐德宗曾十分赏识本诗，为此特赐多年失意的诗人以"驾部郎中知制诰"的显职。由于当时江淮刺史也叫韩翃，德宗特御笔亲书本诗，并批道"与此韩翃"，成为一时流传的佳话。

前两句描写寒食时节长安的迷人风光。"春城"指春日里的都城长安，这两个字高度凝练而华美。"无处不飞花"，是诗人抓住的典型画面。春意浓郁，笼罩全城，诗人不说"处处飞花"，因为那只流于一般性的概括，而说是"无处不飞花"，这双重否定的句式极大加强了肯定的语气，有效地烘托出全城皆已沉浸于浓郁春意之中的盛况。"飞花"即花瓣随风纷纷飘落。不说"落花"而说"飞花"明写花而暗写风。一个"飞"字，蕴意深远。第二句专写皇城风光，这里，诗人并未直接写到游春盛况，而是剪取无限风光中风拂"御柳"这一个典型镜头。一个"斜"字也是间接地写风。

后两句从侧面写出了寒食节禁火的独特风俗。寒食节普天之下一律禁火，唯有得到皇帝许可，才能例外。除了皇宫，近侍宠臣的家庭也可得到这份恩典，"日暮"两句写的就是这种情况。诗人写赐火时用一"传"字，不但状出动态，而且意味着挨个赐予，可见封建等级之森严。"轻烟散入"四个字，生动描绘出一幅中官走马传烛图，仿佛使人嗅到了烛烟的气味，恍如身临其境。同时，这两句诗也自然而然地使人联想到中唐以后宦官专权的政治弊端，有如汉末之世。诗人以"汉"代唐，显然暗寓讽喻之情，让人体会到更多的言外之意。

# 月夜

刘方平

更深月色半人家，北斗阑干南斗斜[1]。今夜偏知春气暖，虫声新透绿窗纱。

【注释】

①阑干：横斜。

【赏析】

本诗为诗人春夜感怀之作，描写了蕴含勃勃生机的早春月夜景色，春虫鸣啼，春气宜人。诗人以对物候细微变化的敏锐感受，表现了初春月夜气候转暖的舒适氛围，抒写了喜悦而怅惘的复杂心理。

唐诗用春与月作题的较多，有的吟咏春天之景而抒怀，有的遥望明月而触发情思。本诗描写春景，不仅没有从杨柳桃花之类的事物落笔，反而借着夜幕把这些看似最有春日景色特点的事物遮掩起来。写月，也不感个字的具体表现。夜半更深，朦胧的斜月映照着家家户户，遮蔽起来。描写月色，也不细致描写光影、感慨其圆缺，而仅是在夜色中调入一半月色。如此一来，夜色不会太深，月色也不会太亮，形成一种迷蒙而和谐的景致。

诗的前两句描绘月夜的静谧，颇具画意。第一句中的『更深』两个字，给下面的景色描写奠定了基调，也给整首诗笼罩上一种独特的气氛。月色半人庭院一半沉浸在月光下，另一半笼罩在夜影中。这明暗的对比越发衬出了月夜的静谧，空庭的阒寂。天上，北斗星和南斗星都已横斜。这不仅进一步从视觉上点出了『更深』，而且把读者的视野由『人家』引向寥廓天宇。这两句共同营造出春夜的宁静和肃穆，意境深远。首句中，月光半照暗含月已西斜，与下句星斗横斜相互衬托，构成了两句间的内在联系。

后两句写虫声，独辟蹊径，匠心独运。夜半更深，正是一天中气温最低的时刻，然而就在这夜寒、人静之际，清脆、欢快的虫鸣声悄然响起。它标志着生命的萌动、万物的复苏，所以它在敏感的诗人心中所引起的，便是春回大地的美好联想。从虫介之微而知春之暖，说明诗人有着深厚的乡村生活的经验。一个『新』字，既是说清新，又含有欣悦之意，饱含了诗人对乡村生活的深情。

## 春怨

刘方平

纱窗日落渐黄昏，金屋无人见泪痕①。寂寞空庭春欲晚，梨花满地不开门。

【注释】

①金屋：汉武帝少时曾言愿筑金屋藏其妹阿娇。这里指妃嫔所居之华丽宫室。

【赏析】

诗的第二句暗用『金屋藏娇』典，点出了这是一首宫怨诗。女主人公虽然得住金屋，却冷冷清清，无人关怀问候；随着日影移动，天近黄昏，她的新泪痕盖过了旧泪痕。眼看着春天就要过去了，她寂寞的庭院里落满了凋零的梨花，诗中写『梨花满地不开门』，含蓄而深刻地烘托出女主人公心境的无限凄凉。

## 征人怨

柳中庸

岁岁金河复玉关①，朝朝马策与刀环。三春白雪归青冢，万里黄河绕黑山②。

【注释】

①金河：即黑河，在今内蒙古呼和浩特市。玉关：玉门关。②黑山：在今内蒙古呼和浩特市东南。

【赏析】

边塞诗是唐诗的重要组成部分，具有思想深刻、想象力丰富、艺术感染力强等特点。边塞诗题材开阔，内容丰富，主要包括以下几种题材：描述边疆风光；记述边疆兵士的艰苦生活；展现边疆兵士杀敌报国、戍守边疆的宏大抱负；抒写边疆战士的思乡之情等。本诗是流传广泛的边塞诗，主要写单于都护府的征人久戍不归、思乡情切所生的怨情。

前两句中使用了两个叠词，『岁岁』『朝朝』写出了戍边时间之长、征战的频繁。首句『金河复玉关』写出了辗转征战的地域之多，『马策与刀环』说明几乎每日都有征战，以致达到马不卸鞍、人不解甲的境地，把征战生活的单调与无奈表现得淋漓尽致。战士在边疆日复一日、年复一年地征战，转战于不同的战场，奔波劳顿。

第三句写得颇为凄凉，『三春白雪』原本应该是很美好的事物，然而终归青冢。『青冢』是西汉时与匈奴和亲的王昭君的坟墓，在今呼和浩特市境内，远离中原，僻远荒凉。传说塞外草白，唯独昭君墓上草色发青，故称青冢。诗人用『归』字，写出了归宿感：征人也许再也不能回到故乡，只会终归坟墓，如王昭君一样长留塞外。

第四句的笔力足有千钧。黄河之水绵长，不停奔涌；暮春时节，征人们想到中原，而眼前的却是黑山。诗人就以『绕』字消除距离，描述了征人们想象黄河之水绕过黑山又继续向前流淌的内心画面。最后一句虽是虚写，但其中的黑山与上句的白雪形成鲜明对照。在古诗中，有些作为地名的颜色名词虽不指颜色，却与诗中其他词语辉映，造成一种色彩丰富、对比强烈的感觉。

本诗中最后两句就是典型。其中的『白雪』『青冢』『黄河』『黑山』像浓重的色块，颜色明晰而深重，所占空间广大，造成一种感觉冲击，很有艺术感染力。

本诗写了一种悲壮的怨情，笔法巧妙，境界阔大。

## 宫词

顾况

**玉楼天半起笙歌，风送宫嫔笑语和。月殿影开闻夜漏，水精帘卷近秋河①。**

【注释】

①秋河：秋夜的银河。

【赏析】

这是一首宫怨诗，虽然『宫怨』这一题材在唐诗中颇为常见，但是这首诗在顾况的作品中是独具一格的。

本诗和别的宫怨诗不一样的地方，是运用了对比的修辞手法：本诗前半部分写受宠者笙歌笑语，及时享受欢乐；后半部分写失宠者独听更漏之声，愁望银河，突出表现了失意宫妃的幽怨痛苦之情。悲喜相照，形成强烈对比，无须过多笔墨描绘，『怨』的主题就呈现出来。这首诗用极其简洁、凝练的语言，形象、逼真的描写，美丽、清新的艺术形象，将宫女嫔妃中两种完全不一样的遭遇、境况鲜明地展示了出来，并精巧地将幽怨之情寄托于凄凉、寂寞、冷清的生活里。

本诗的前面两句『玉楼天半起笙歌，风送宫嫔笑语和』，极力描绘了受到皇帝恩宠的宫妃的欢快、愉悦：高高的玉楼之上响起了悠扬、欢快的笙歌，轻柔的夜风又将宫妃的欢笑声、嬉闹声吹送过来，这两句着重渲染了气氛的热闹和欢腾。诗的后面两句『月殿影开闻夜漏，水精帘卷近秋河』，则描写了无法获得皇帝恩宠的宫妃的孤寂、凄凉：深深的宫院中冷冷清清，十分静谧。漫漫长夜，仅能听到时断时续的更漏之声，让人难以安然入眠，她只好轻轻卷起水晶珠帘，愁苦万分地遥望着秋日的银河，默默发呆，幽幽叹息，暗暗伤怀。这两句诗极力渲染了氛围的凄凉、冷清。诗的前后两部分：欢乐喧腾与孤独清冷，热闹与死寂形成强烈对比，失意宫妃的幽怨之情表露无遗。

整首诗结构严谨，层次明晰，构思巧妙，笔墨细致、精巧，单纯通过客观描写来抒发失意宫妃的内心情感，显得更加委婉曲折，深沉蕴藉，意味深长。

## 夜上受降城闻笛①

李益

回乐峰前沙似雪②，受降城外月如霜。不知何处吹芦管③，一夜征人尽望乡。

【注释】

①受降城：唐代修筑有西、中、东三座受降城，以防突厥入侵。此指西受降城。②回乐峰：灵州回乐县附近的烽火台，在今宁夏灵武县一带。③芦管：芦笛。

【赏析】

这是一首抒写戍边将士乡情的诗作。本诗通过描写受降城凄凉的夜色和幽怨的芦笛声，强烈地抒发了戍边塞外的征人对故乡的思念之情，真切感人。诗题中的受降城，是灵州治所回乐县的别称。在唐代，这里是防御突厥、吐蕃的前线。

前面两句，描写诗人登城的时候所看到的月下之景。第一句写远景：回乐城东面几十里的丘陵上，高耸着一排烽火台。丘陵下面为一大片沙地。在月光的照耀下，沙子如同积雪一样泛着寒光。第二句写近景：高城外面，天上地下皆是洁白、凄清的月光，就像秋天的寒霜那样让人感觉到寒意。这霜一样的月光与雪一样的沙地，正是引起征人思乡之情的典型环境。而恰恰是在这凄清宁静的夜晚，夜风吹送来了哀婉、悲凉的芦笛之声。这悲乐更加唤醒了征人遥望故乡、思念故乡之情。第三句『不知何处吹芦管』中的『不知』二字，写出了征人怅惘的心情；第四句『一夜征人尽望乡』中的『尽』字，又抒写了他们毫无例外的无限思乡之愁。

从整首诗来看，前面两句是写色，第三句是写声，尾句抒发心中之感，是写情。前面三句皆是为尾句的直接抒情进行的烘托、铺陈。开头，诗人从视觉角度抒写了淡淡的思乡之情，进而从听觉角度淡淡的思念酝酿成澎湃的感情波涛。前面三句已蓄足气势，通常尾句就会直接抒发情感。而诗人却另辟蹊径，让蓄满的情感在结尾处打了一个回旋，以想象中的征人遥望故乡的镜头进行表现，令人觉得语尽而意未尽。诗歌在戛然停止之处依然『诗情一荡』。

## 乌衣巷

刘禹锡

**朱雀桥边野草花，乌衣巷口夕阳斜。旧时王谢堂前燕，飞入寻常百姓家。**

【赏析】

这是一首怀古诗，为《金陵五题》中的第二首，是刘禹锡最得意的怀古名篇之一。诗人抓住燕子自王、谢堂前飞入寻常人家的细节，描写了乌衣巷的巨大变化：并感事伤怀，抒发了深沉的今昔沧桑之感。

前两句以桥名、巷名为对，妙语天成。朱雀桥横跨在金陵秦淮河上，是由市中心通往乌衣巷的必经之路。朱雀桥同河南岸的乌衣巷，不仅地点相邻，而且都是历史上的名地。从字面上看，朱雀桥又和乌衣巷是天成的工整对仗。第一句中引人注意的是桥边杂生的『野草花』。『草花』之前加上一个『野』字，这就使景色增加了荒凉、偏僻之感。第二句中，诗人描绘『夕阳』又加上了一个『斜』字，突出了日落西山的暗淡情景。繁荣时代的乌衣巷口，应当是车马喧腾、人声鼎沸的；而今，诗人却用一点落日余晖，令乌衣巷全部笼罩在空寂、暗淡、悲凉的气氛之中。诗的后面两句，诗人忽然把笔墨转向乌衣巷上空正要回巢的飞燕，让人们顺着燕子飞翔的方向去了解，现在乌衣巷里住的已经是寻常的老百姓了。诗人还特别提到，这些飞进普通老百姓家中的燕子，就是曾在豪门世族高堂上栖居过的那些燕子。『旧时』两字，赋予燕子以历史见证人的身份。『寻常』二字，又特别强调了今日的居民是多么不同于往昔。从这两句中，我们可以清晰地听到诗人对这一变化发出的沧海桑田的无限感慨。整首诗含蓄蕴藉，意味深长。诗中意象别具匠心，感慨与议论藏而不言。

## 和乐天春词

刘禹锡

新妆宜面下朱楼①，深锁春光一院愁。行到中庭数花朵，蜻蜓飞上玉搔头②。

【注释】

①宜面：指妆与面色搭配得恰到好处。②玉搔头：玉簪。

【赏析】

莺歌蝶舞，柳绿花红，确实是良辰美景；然而庭院深深，院门紧锁，这样美好的春光却无人共赏，这是一首宫怨诗，但这首宫怨诗与其他同类诗迥然不同，描写一位宫女扮好新妆却无人赏识，无人为伴，只能百无聊赖查数花朵解闷，引得蜻蜓飞上头来的别致场景。

第一句先写一个精心梳妆、仪容得体的年轻宫女的一系列动作，并通过这些动作写出了她由期待转为失望的心情。第二句承上启下，写宫女下得楼来，见春光明媚，于是宫女反而更生寂寞。第三句写百无聊赖的她，只能用数花来消磨大好春光，排解心中的愁绪。她也不知道究竟有几枝花，就拿手指在枝头轻轻点着。此句含蓄地写出了宫女深藏寂寞的悲哀。这时，一只蜻蜓忽然飞上了宫女头上的玉搔头。也许宫女的容颜太美丽，使蜻蜓以为这是院中最美的花朵。最后一句写只有蜻蜓欣赏宫女的美，更加突出了宫女的寂寞和无人赏识，哀情更深。

## 宫词

白居易

**泪尽罗巾梦不成，夜深前殿按歌声①。红颜未老恩先断，斜倚熏笼坐到明②。**

【注释】

①按歌声：打着拍子歌唱。②熏笼：香炉上的罩笼。

【赏析】

夜深了，然而前面的宫殿中依然笙歌阵阵，歌声传入她的耳中，让她无法入眠。她独自在居处偷偷哭泣，因为自己悲凉的处境，因为红颜未老但皇上的恩宠已经断绝。这一夜，她彻夜不寐，斜倚熏笼，坐到天明……

## 赠内人

张祜

**禁门宫树月痕过，媚眼惟看宿鹭窠。斜拔玉钗灯影畔，剔开红焰救飞蛾。**

【赏析】

本诗是一首婉转含蓄的宫怨诗，通过描写深锁宫廷的宫女百无聊赖，夜看树上鹭鸶、拔钗救飞蛾等细节，表现宫女像扑向红焰的飞蛾一样的凄苦命运。全诗词采艳丽，语意含蓄，耐人寻味。

诗的第一句，『禁门宫树』点明地点。但诗人称门为『禁门』，称树为『宫树』，就渲染出了皇宫宫门深闭、重门紧锁的低沉气氛。『月痕过』，点出时间。但诗人称月为『月痕』，就给人以朦胧缥缈之感，同时又加了个『过』字，更有无限深意：既暗示将要出场的主人公已经因空虚无聊而伫立许久，同时也取时光流逝之意点出此人正在虚度年华。

第二句紧承第一句，引出了凝眸独立的主人公。『媚眼』二字，明确指出这是一位女性，而且是一位颇有姿色的少女。但是，这位丽人空有明丽的双眸，却看不到宫门外的世界，令人叹息。此时月光倾泻，她在看什么呢？原来是在看宿鹭的巢穴，岂止是看，简直是『惟看』。或许就是因为她身在皇宫，如陷牢狱，四周虽有佳景无限，却只有树梢上的鹭窠充满生活气息，所以才吸引了她的眼球。诗人接下来没有分析她此时的心理活动，给读者留下了不尽的想象空间。我们可以试着假设一下她的想法：此时月过林梢，飞鸟栖息，飞鸟尚且有个归处有个『家』，也能够在广阔的天地中自由翱翔，那自己呢？何时才能够走出『监牢』，自由自在地生活？可以想见，主人公的目光，定是饱含着对自由的憧憬、对幸福的企盼。

诗的三四句场景发生改变，镜头从宫院转移到了室内，描绘了一个『斜拔玉钗救飞蛾』的近景。『斜拔玉钗』笔法极为细腻，以一个看似简单却并不简单的动作体现出了主人公的优雅，可谓风姿绰约。而主人公做出这个动作并非为了展示风姿，她的目的是『剔开红焰救飞蛾』。这样，一个寂寞娴静、美丽善良的主人公形象便跃然纸上了。此处诗人依然没有揭示她的心理活动，但读者还是可以想象：主人公感伤自己受到禁锢，而看到飞蛾扑火或许会联想到自己的命运也是个悲剧，剔开红焰救了飞蛾既是因为同情飞蛾，大概也是因为怜惜自己吧。

## 题金陵渡①

张祜

**金陵津渡小山楼，一宿行人自可愁。潮落夜江斜月里，两三星火是瓜州②。**

【注释】

①金陵渡：在今江苏省镇江市附近。②瓜州：在今江苏扬州南，与镇江隔江相对，因州形似瓜而得名。

【赏析】

这首小诗是诗人漫游江南，夜宿镇江渡口时所写。第一、二句交代诗人夜宿的地点，点出诗人的心绪。首句是点题之笔。

『金陵津渡』应是诗人夜宿的地点，『小山楼』应是诗人当时寄居的地方。第二句写的是诗人的感慨。既是夜宿，大概已经走了很久了，人随船漂泊，没有固定的行踪，诗人心中不由得产生思乡之情。『自可愁』三字即是诗人心情的真实写照。第三、四句实写长江夜景，借此衬托出诗人孤独落寞的心境。斜月西沉，潮水退落，漆黑的长江对岸摇曳着两三点灯火。这样凄迷幽寂的景色，伴以潮落之声，映入在小山楼上的诗人眼中，诗人孤独寂寞的思乡愁绪油然而生。

整首诗旨意深远，颇具内涵，在艺术构思方面更是独树一帜：

第一，全诗的视觉效果简洁明快。诗人夜宿小楼，居高远眺，对『夜江』『落潮』『斜月』等夜景的描绘比较简单，不事雕琢，随兴而发。这既是诗人所见到的景色的真实反映，又是诗人刻意而为。全诗以景诱人，情景交融，使人拥有无限的想象空间，深刻体会到艺术的美感。

第二，融情入景的写法层次分明。绝句一般都是一、二句写景，三、四句抒情；或者一、二句叙事，三、四句写景；也可能是一、二句抒情，三、四句叙事。本诗的结构则是一、二句抒情，三、四句写景，可谓别出心裁。以情融景，侧重的是图画美；以景结情，追求的是意蕴美，真是耐人寻味。

第三，场景设置前疏后密，颇有新意。一、二句仅写诗人『一宿小楼』之『愁』，三、四句则一气呵成，连写落潮、夜江、斜月、星火、瓜州等五景，既构成了全诗的重心，又透过鲜明的画面传递出诗人在当时的情境下，生发出的思乡之情和夜里难以成眠的愁苦。值得一提的是，三、四句是全诗的点睛之笔，其艺术魅力千年不减。

第四，笔调平中见奇。张祜诗作多淡墨、虚笔，下笔轻灵，令人回味悠长。如『两三星火』之描写，『星火」绝不可视为『江枫渔火对愁眠』之『渔火』。这是因为『渔火』乃近景，而诗人居高望远，无法分辨见到的是渔火还是人家的灯火，所以简单地用『两三星火』来概括，生动又不失真，反倒为读者增加了想象空间，具有一种空灵之美。

总之，本诗境界清宁之至，幽美之至，结构简洁之至，明快之至。

## 近试上张水部

朱庆馀

**洞房昨夜停红烛，待晓堂前拜舅姑。妆罢低声问夫婿，画眉深浅入时无？**

【赏析】

张水部，即张籍，长庆二年（822年），张籍由国子博士迁水部员外郎。近试，临近考试之意。说明这首诗是诗人在应试前献给张籍的。唐代应进士科举的士子有向名人行卷的风气，以希求其称扬和介绍于主持考试的礼部侍郎。朱庆馀本诗投赠的对象，是水部郎中张籍。朱庆馀平日向他行卷，已得到他的赏识，临到要考试了，以新妇自比，以新郎比张，以公婆比主考，写下了这首诗，征求张籍的意见。据记载，读过朱庆馀的献诗后，张籍特意作了一首《酬朱庆馀》，以示答应。朱的赠诗写得好，张也答得妙，真可谓珠联璧合，千百年来传为诗坛佳话。

本诗为行卷诗。诗借描写『新嫁娘在拜见公婆前精心梳妆打扮并征求夫婿意见，担心画眉是否入时』，来比喻『士子应试前担心文章是否合格，能否得到考官赏识』，表现了待考知识分子彷徨不安的期待心理，也反映了当时科举考试中依傍豪门的社会风气。比喻新巧恰切，单作闺情诗看，也是佳作。

的心理状态。前两句渲染特定的情境：『洞房』交代了诗中人物所处的地点。『昨夜』『待晓』四字表明时间，由晚至晓整整一个通宵。『拜舅姑』，就是拜见公婆。从『洞房昨夜停红烛』到『待晓堂前拜舅姑』，这两句诗表现了时间的转换和地点的推移，也展示了人物内心感情的变化。

后两句细致地描绘新娘拜见姑婆前的复杂心理。『妆罢』二字，从上句『待』字生出，隐隐点出她已梳妆了很久。用心梳好妆，画好眉之后，新嫁娘还是觉得没有把握，只好问问身边的丈夫。『低声』二字用得极其准确，表现出了新嫁娘拘谨、娇羞的神态。以问句作结，韵味无穷。

本诗比喻新奇，有一箭双雕之巧妙，值得好好品味。

## 宫中词

朱庆馀

**寂寂花时闭院门，美人相并立琼轩①。含情欲说宫中事，鹦鹉前头不敢言。**

【注释】

①琼轩：白玉长廊。

【赏析】

本诗为宫怨诗名篇，描写了幽闭深宫的宫女在大好春日并肩赏花，想说心事但怕鹦鹉学舌而不敢言的情景，含蓄地表现了宫禁的森然可怖和宫女生活的心酸。

全诗开篇写景。第一句『寂寂花时闭院门』，既是以景衬情，又是景中见情。说它以景衬情，是因为它是以百花齐放之景，从反面来衬托本诗所要传达的美人哀怨的情思，以此取得『以乐景写哀情』的艺术效果，为全诗的基调打下基础；说它景中见情，是因为它虽然写了正是百花齐放的时候，却又将场景置于重门深锁的境地，令人感到无尽的孤寂与失落。第二句中两位主人公入场时，也不必再费笔墨去描绘她们身处深宫的悲切和哀伤了，那一幅『美人相并立琼轩』的画面已经让美人的悲切和哀伤尽显无余。第三句诗人为我们安排了自由也无法拥有，这是怎样凄苦、可怖人不仅失去了青春和自由，甚至连言语一个隔墙有耳的恐怖世界。身处深宫的馨的画面啊，可这画面背后隐藏的却是人』在暗示读者什么呢？却不会告密。因此这显然是个借口。这便便说话。但众所周知，鹦鹉虽会学舌，在『鹦鹉前头』有所顾忌，而不敢随随然大悟了：两位美人无法言语只是因为面。读过第四句后，想必所有的人都恍一个两位美人含情不吐、欲说还休的场伤尽显无余。第三句诗人为我们安排了『花时』『琼轩』『美『鹦鹉』，它们构成了怎样美好而温的世界！这首独出心裁的宫怨诗，揭示的就是这样一个沉重的主题，展示的也正是这样一幕人间悲剧。

## 赤壁

杜牧

**折戟沉沙铁未销，自将磨洗认前朝。东风不与周郎便，铜雀春深锁二乔①。**

【注释】

①铜雀：即铜雀台，建安十五年（210年）曹操在邺城所建。故址在今河北省临漳县。因台上有楼，楼顶有一丈五尺高的铜雀而得名，为曹操晚年享乐之处。二乔：大乔、小乔，以美貌著称于世。大乔嫁给了孙权，小乔嫁给了周瑜。

【赏析】

诗人杜牧任黄州刺史期间，曾游览赤壁（即今湖北省武昌县西南赤矶山）这个著名的古战场，有感于三国时代的英雄成败，抚今追昔，怀古咏叹，便作本诗。诗以地名为题，实则是怀古咏史之作。诗人借观看赤壁遗物断戟追想当年周瑜的成功是由于巧遇东风出于侥幸，不然连二乔都将为曹操所有。本诗构思精巧，含蓄地抒写了诗人怀才不遇的愤激和苦闷。

诗的前两句借一件古物来表达诗人对前朝旧事——赤壁之战的感慨。这件古物是一支折断的铁戟，被埋没在水底泥沙中六百多年，一直没有被腐蚀掉，终于被人发现。经过后人考证，确定了它是赤壁之战的遗物。这件不太起眼的破损兵器使诗人心中不禁涌出了一种『怀古之幽情』，他联想到了汉末那个天下大乱的时代，想起了那次决定了三国鼎立之势的重大战役，以及那一战中起了决定作用的人物。

三四句是议论。在赤壁之战中，东吴主将周瑜凭借火攻，以少胜多，大胜八十万曹军。而火攻能够发挥作用，恰恰是因为战争的关键时刻刮起了强劲的东风。所以诗人评论这场大战的成败缘由，就从获胜者周瑜以及他赖以取胜的东风着笔了。又因为取胜的原因最终要归于东风，所以诗人将东风置于更重要的位子上。不过，诗人并没有正面描述东风为周瑜取胜发挥了多大作用，而是从反面论述：要是东风没有给周瑜行方便，那么赤壁之战就是另外一个结局，历史走向就会发生改变。接下来，诗人假设了曹军取胜，刘备、孙权联军失败的后果。他没有从政治、军事方面来铺陈直叙，而只是假设了两个闻名于时的美女——孙策的妻子大乔和周瑜的妻子小乔的命运。诗人认为，曹操真成了胜利者，一定会将大乔和小乔掳走，关在铜雀台（位于今河北临漳县境内，古称邺，曹操曾在此修铜雀、金虎、冰井三台），供自己享乐。诗人通过『铜雀春深锁二乔』这一形象生动的诗句，以小见大，体现了他在艺术处理上的独特之处。

## 泊秦淮

杜牧

烟笼寒水月笼沙，夜泊秦淮近酒家。商女不知亡国恨，隔江犹唱后庭花①。

【注释】

①后庭花：陈后主、袁大余等为友客共赋新诗，采其尤艳者有《玉树后庭花》等曲。

【赏析】

金陵作为六朝古都，曾繁华一时，尤其是秦淮河两岸，更是当时豪门贵族、官僚士大夫享乐游宴的场所，『秦淮』也渐渐成为『纸迷金醉』生活的代名词。

首句写景，竭力渲染秦淮河两岸夜色的清淡素雅。烟、水、月、沙，被两个『笼』字和谐地融合在一起，传神地勾画出秦淮河两岸朦胧淡雅的景象。第二句叙事，点明时间、地点，平淡之中既照应诗题，也引出下文，交代了事件发生的缘由。

此句承前说明前面所述景色是夜泊所见，又引起下文。诗的后两句是诗人听商女唱后庭遗曲所引发的感慨。诗人因『近酒家』而引出商女之歌，酒家多有歌女，所唱的多为靡靡之音，毫无家国之忧。诗人在此明为批评歌女『不知亡国恨』，实际上是在批判高官显贵不知忧国忧民，反而沉湎于声色犬马之中。接着，诗人又由『亡国恨』引出了『后庭花』的曲调，借陈后主之故事，影射权贵们的荒淫，可谓鞭辟入里。本诗熔景、事、情、意于一炉，景为情设，情因景至，语言自然妥帖，构思巧妙严谨。

## 寄扬州韩绰判官

杜牧

青山隐隐水迢迢，秋尽江南草未凋。二十四桥明月夜①，玉人何处教吹箫？

【注释】

①二十四桥：相传桥因有二十四美人夜吹洞箫于此，故名。此处泛指扬州的桥梁。

【赏析】

本诗为月夜怀友之作。唐文宗大和七年（833年）到九年（835年）初，杜牧在淮南（今扬州）节度使牛僧孺幕中做幕僚时，和韩绰相识，当时韩任节度判官。本诗大致作于大和九年秋或开成元年秋，是诗人离开扬州幕府后不久寄赠韩绰之作。韩绰死后，杜牧还为他写过一首《哭韩绰》，足见两人感情之深。本诗着意刻画深秋的扬州依然绿水青山、草木葱茏，二十四桥月夜仍然乐声悠扬，调侃友人生活的闲逸，也表达了对过往扬州生活的深情怀恋。寓情于景，意境悠远。韩绰：生平不详。判官：唐时节度使、观察使的属官。

诗的前两句回忆江南秋景，点明所怀念故人之背景。第一句从大处着笔，勾勒出一幅远景：青山逶迤，隐于天际；绿水如带，潺潺不绝。『隐隐』和『迢迢』两字叠用，既写出了山清水秀、绰约多姿的江南风貌，也隐约暗示着诗人对江南美景的思念和眷恋，以及诗人与友人之间那种无法阻隔的思念和祝福。第二句写虽已深秋，可草木未凋，风光依旧，突出了江南之秋的生机勃勃。这与诗人现在所处之地的萧条冷落形成了鲜明的对比。正因如此，诗人才格外眷恋江南的山水，越发怀念远方的友人，这也为下文做好了铺垫。

后两句诗，诗人化用扬州二十四桥的典故，点醒寄赠之意。扬州佳景无数，诗人记忆中最美的则是扬州二十四桥。一说扬州城里原有二十四座桥，故称为『二十四桥』，因古时有二十四位美人在桥上吹箫而得名。『玉人』既可形容美丽洁白的女子，也可比喻风流俊秀的才郎。从末句中『教』字可看出，此处玉人应该指韩绰。诗人本是问候友人现状，却故意用开玩笑的口吻与友人调侃，问他当此秋尽之时，在何处教女子吹箫游乐。两人相知之深由此可见。

这首诗意境优美，清丽俊爽，情趣盎然，千百年来为人们所传诵，历久不衰。

## 遣怀

杜牧

**落魄江湖载酒行，楚腰纤细掌中轻①。十年一觉扬州梦，赢得青楼薄幸名。**

【注释】

①楚腰：用楚灵王好细腰典。掌中轻：用汉赵飞燕体轻能在掌上起舞典。

【赏析】

这首诗是诗人追忆当年扬州生活的抒情之作。唐文宗大和七年（833年）至九年（835年），诗人在淮南节度使牛僧孺的幕府任职，居于扬州。当时他三十出头，风华正茂，颇好宴游。从本诗看，他与扬州青楼女子来往甚多，诗酒风流，放浪不羁。故日后追忆，大有恍惚如梦，不堪回首之意。《唐人绝句精华》云：『才人不得见重于时之意，发为本诗，读来但见其兀傲不平之态。世称杜牧诗情豪迈，又谓其不为龌龊小谨，即此等诗可见其概。』

诗的前两句是诗人对昔日扬州生活的回忆：寄人篱下，潦倒江湖，以酒为伴；秦楼楚馆，美女陪伴，放浪形骸。次句借用『楚王好细腰』和『赵飞燕体轻能为掌上舞』这两个典故，描写当时放浪不羁的浪漫生活。楚腰，指美人的细腰。《韩非子·二柄》载：『楚灵王好细腰，而国中多饿人。』掌中轻，指赵飞燕。《飞燕外传》云：『体轻，能为掌上舞。』此处用两个典故，表面看似夸赞女子貌美诱人，但细细品味『落魄』两字就能体会到：诗人不满自己寄人篱下、无所作为的境地，因而追忆往日的放荡生活时，并未感到洋洋自得，表面上喧嚣浮华，实际上昔日放荡不羁、声色犬马的生了『扬州梦』的『梦』之深。而这感叹又完全归结到『觉』对比鲜明，愈显诗人感叹延续和发展。似突兀，实际上是前两句诗的『梦』两句抒发感慨『十年一觉扬州梦』反而大有悔之不及之感。最后生活时，并未感到洋洋自得，是诗人由衷的感叹，看『十年』和一沉闷低俗，是痛苦的回忆，是不堪回首的梦……这就是诗人想表达的情绪。诗人回首悠悠十载，扬州往事如梦般虚无寂寥，最终自己一事无成，只留下『青楼薄幸』的『美名』。『赢得』二字，既是调侃，也是自嘲，更是悔恨，其中心酸苦楚，只有诗人自知。最后一句是诗人对自己早年放荡生活的进一步否定。然而，诗人的放浪生活，是与他的仕途坎坷有关的，因此，不能将本诗仅解作『忏悔之意』，还应该看到，诗中也有诗人如梦如幻、一事无成的喟叹。

## 秋夕

杜牧

**银烛秋光冷画屏，轻罗小扇扑流萤①。天阶夜色凉如水②，卧看牵牛织女星。**

【注释】

①轻罗小扇：轻巧的丝质小团扇。②天阶：皇宫里的石阶。

【赏析】

这是一首宫怨诗，描写秋夜一位宫女无聊地用小扇扑萤和深夜不眠卧看天上星星的情景，含蓄地表现了幽闭深宫的寂寞孤独和难以诉说的满怀心事。本诗意境凄凉。秋夕，指秋夜。诗题一作《七夕》。

前两句，诗人以冷峻轻灵的笔触描绘出了一幅深宫生活的图景：在秋风清冷的夜晚，烛光微弱，画屏幽冷，一个孤独的宫女正用小扇扑打着流萤。首句中一个『冷』字，既点明已到寒秋时节，又写出了女主人公内心的孤独凄切，奠定了全诗的感情基调。女主人公生活在一个令人窒息的环境中，气氛低沉，没有亲朋好友，自然也没有爱的包围以及生活的乐趣。诗中的三个意象含义深远：『银烛』，指白蜡烛，以其清冷之色衬托出宫女的孤寂；『小扇』，因秋天到来，天气渐寒而被弃置不用，所以在古诗中常用来比喻被冷落的女子；『流萤』，古人有『腐草化萤』之说，而萤火虫总是生于荒僻之地，宫女居住之地竟然有流萤，可见她居所的偏僻，被冷落的境况。

后两句，诗人继续描写宫女的孤独生活和凄凉心境。『天阶夜色凉如水』一句，比喻君王薄幸。『夜凉如水』说明秋夜寒冷，也暗指君王冷落这个宫女很久了，可是她依旧坐在冰冷的石阶上，仰望牵牛织女星，也许是牵牛织女的故事触动了她的心事，使她想起自己不幸的身世和凄惨的现实。在这里，望星也暗指宫女在期盼着君王的驾临。牵牛星、织女星的意象也值得注意：两星同时象征爱情与离别，不过那离别是能够令人心存希望的离别。这位宫女被冷落许久，也许早就失去了受到宠幸的希望，但她始终热切地等待着，因为这种期待是她生存的唯一意义。诗人在此不动声色地写出了深宫怨女在孤寂的岁月中无尽的痛苦与哀伤。其中『坐看』两字，最能表现宫女怅然若失的复杂心情。全诗用典含蓄，蕴藉丰富，耐人寻味。

# 夜雨寄北

李商隐

君问归期未有期，巴山夜雨涨秋池①。何当共剪西窗烛，却话巴山夜雨时。

【注释】

①巴山：巴蜀东部的山。

【赏析】

这是一首抒情诗。诗题又作《夜雨寄内》，『内』就是『内人』，也就是妻子。但有人考证，以为本诗是唐宣宗大中五年（851年）七月至九月间，诗人入东川节度使柳中郢梓州幕府时所作。当时其妻王氏已殁（王氏殁于大中五年夏秋间）。因此本诗应是寄给长安友人。今传李诗各本均作《夜雨寄北》，『北』就是北方的人，可以指妻子，也可以指朋友。从诗的内容看，按『寄内』理解，似乎更合适一些。其实，诗人入梓幕，与其妻仙逝，均在大中五年夏秋之际，即使王氏仙逝居先，诗人诗作在后，当时交通阻塞、信息不灵，也是完全可能的。即使是诗人得到了妻子去世的消息，本诗作追忆解，也未尝不可。

前两句，诗人以问答和对眼前环境的描写，阐发了孤寂的情怀和对妻子深深的怀念之情。首句一问一答，将无法摆脱的矛盾陈列出来，起伏有致，极富表现力。羁旅之愁与不得归之苦，两相对立，已跃然纸上，为全篇营造出悲怆沉痛的氛围，奠定了哀伤的基调。次句『巴山夜雨涨秋池』，看似写眼前景，实际包含了无尽的相思情。诗人将心中那绵绵羁旅愁、无尽相思苦与夜雨交织在一起，将归期而未有期的沉痛情绪渲染得更加充分。诗人独自一人寄居在他乡，夜雨淅淅沥沥，此情此景本身就惹人伤感。再加上涨满秋池这一精细而又富于实感的景象，让人感觉诗人内心无法摆脱的愁思，似乎也弥漫于巴山蜀水之间了。

后两句，诗人从眼前景生发开去，驰骋想象，另辟新境，写出了团聚时的幸福景象。『共剪西窗烛』化用杜甫《羌村三首》中『夜阑更秉烛，相对如梦寐』的诗意。前句着『何当』二字，意思是说『什么时候才能够』，与开篇的『未有期』相呼应，诗人心中热切的盼望与难以料定的惆怅融合在一起，更见浓情。来日相聚时，同在西屋的窗下窃窃私语，情深意长，彻夜不眠，以致蜡烛结出了蕊花。两个人一起剪去蕊花，仍有叙不完的离情，言不尽的喜悦。于是，诗人想象中的乐，自然更反衬出今夜的苦；而诗人今夜的苦又成了剪烛夜话的谈资，增添了重聚时的乐。

这首诗是诗人即兴而作，表现出其内心刹那间的情感变化。全诗语浅情深，曲折而含蓄，在遣词造句上无一丝矫揉造作之气，充分体现了李商隐诗的另一面：质朴自然而又『寄托深而措辞婉』的艺术风格。

## 隋宫①

李商隐

**乘兴南游不戒严，九重谁省谏书函②。春风举国裁宫锦，半作障泥半作帆③。**

【注释】

①隋宫：指隋炀帝在江都（今江苏扬州市）所建的行宫。②九重：指宫廷。省（xǐng）：识得。③障泥：垂于马背两侧以遮障泥土的马具。

【赏析】

这是一首咏史诗，对象是以荒淫无道著称的隋炀帝。诗的前两句先作概述，说隋炀帝兴致一来便携带宫眷僚属水陆齐发下江南，心思只在玩乐之上，全然不顾什么天子威仪、出行礼数；而因为他的暴戾恣睢，朝中更无人敢对他的行为有所异议。后二句撷取他下江南时征集锦缎制泥障、做船帆的片断，以小见大，矛头直指隋炀帝当国时的穷奢极欲、靡费腐化。诗中蕴含着成败兴亡的深刻道理，联想晚唐江河日下、败相纷呈的现实，李商隐作此诗的用意似乎也不难想见。

## 贾生

李商隐

宣室求贤访逐臣①，贾生才调更无伦。可怜夜半虚前席，不问苍生问鬼神②。

【注释】

①宣室：汉未央宫正殿，此指代汉文帝。逐臣：贬谪之臣。②苍生：百姓。

【赏析】

本诗之意在于借古讽今。贾生，指贾谊，西汉著名文学家、政治家，他力主改革弊政，曾提出许多重要政治主张，但却遭谗被贬，一生抑郁不得志，死时仅三十二岁。他被贬长沙的经历，被历代文人借以表达自己的不得志之意。诗人别出心裁，以贾谊奉诏由长沙返回京都，深夜谒见汉文帝的史实为题材写了这首诗。前两句直接叙述文帝与贾谊宣室中夜对的情形。第一句『求贤访逐臣』，似乎是要称颂皇帝礼贤下士。第二句暗指汉文帝对贾生的才华学识十分钦佩。后两句的笔调急转直下，将全诗的题旨道破，是理解这首诗的关键。诗人独抒新见，以贾谊怀才不遇之事，表达自己的不得志之意。整首诗措辞犀利辛辣，寄意深刻，极抑扬顿挫之能事。

# 瑶池

李商隐

**瑶池阿母绮窗开，黄竹歌声动地哀。八骏日行三万里①，穆王何事不重来。**

【注释】

①八骏：穆王乘的八匹骏马。

【赏析】

本诗借周穆王不能应西王母之约重来相会的故事，讽刺封建统治者追求长生不死的愚蠢荒唐。全诗用词辛辣、立意巧妙。

诗人通过想象西王母盼望穆王『复来』，而穆王也许会履行诺言，虚构了这样一个情节：西王母推开雕饰精美的窗户，远眺东方，却不见穆王的踪迹，只听见他的哀民诗《黄竹歌》响彻云霄。第一句以『绮窗』一词衬托仙境的豪华，第二句用『动地哀』一词反映人间的凄惨。两句诗形成强烈的对比。这样的对比表达了两层含义：一是暗喻《黄竹歌》的诗人周穆王已经死去，空留诗歌在人间，仙境再美，他也无缘永驻，由此暗讽求仙的人；二是以《黄竹歌》暗示百姓正生活在水深火热之中，而统治者却在追求长生不老，以图永享富贵，有谴责之意。

诗的三、四句是写西王母因穆王不来赴约而产生的心理活动：穆王马车上的八匹骏马纵横驰骋，一日能行三万里，他若想来轻而易举，况且自己又是盛情邀请。穆王也曾许下重诺，可是他为何还不来赴约呢？答案只有一个，那就是穆王已死。因此，就算西王母一直开窗远眺、殷勤盼望，也等不到穆王了。连仙人西王母都不能使她所看重的穆王免于一死，那人间那些所谓的长生不老之术，不是无稽之谈又是什么呢？

诗人妙就妙在不发一字议论而使读者自己得出这个结论。需要注意的是，第四句是西王母心中的疑问，而不是诗人提出的反诘之辞。

不发一字议论也是本诗最大的特色。诗人没有直白地讽刺嘲弄，而是将讽刺的意味完全隐藏在对西王母的行为和心理活动的描述当中。这种写法使诗歌生动异常，令人回味。因此，本诗的批判、嘲讽意味虽然尖锐、犀利，但却表达得非常委婉，使得全诗明白酣畅又含义深远，显示出了诗人构思之独特。

## 瑶瑟怨

温庭筠

**冰簟银床梦不成①，碧天如水夜云轻。雁声远过潇湘去，十二楼中月自明②。**

【注释】

①簟：竹席。②十二楼：传说昆仑山上有五城十二楼，是仙人住处。

【赏析】

这是一首闺怨诗。然而全诗只描绘清秋夜景，没有透出一个『怨』字。诗中所写乃『梦不成』后之所感、所见、所闻。瑶瑟，是玉镶的华美的瑟，瑟声悲怨。诗题『瑶瑟怨』，也暗示着诗中所写的是女子的别离悲怨。

第一句正面描写主人公。冰簟银床，指冰凉的竹席和银饰的床，都有一种『冷』的感觉。『梦不成』三个字耐人寻味：它的意旨不在于写女主人公因相思而无法入睡，而是侧重写她寻梦难成。第二句宕开写景。诗人描绘了一幅清寥淡远的碧空夜月图：秋天的长夜，碧空无际，月光如水，偶尔有几片浮云在空中轻盈飞过，更彰显出夜空的广阔与清澄。这是一个空镜头，境界空灵，显出无边的寂寞。它既是女主人公活动的环境和背景，又是她眼中所见之景；不仅衬托出了轻灵美好的人物形象，也暗示了孤居独处的女主人公内心的清冷寂寞。

## 已凉

韩偓

**碧阑干外绣帘垂，猩色屏风画折枝①。八尺龙须方锦褥②，已凉天气未寒时。**

【注释】

①猩色：猩红色。折枝：特指花卉画中只画连枝折下的部分。②龙须：龙须草。

【赏析】

本诗是一首情诗。韩偓的《香奁集》里有许多以男女恋情为主题的诗歌，本诗是其中的代表作，胜在构思巧妙，笔调蕴藉。

整首诗结构清晰地描写了一间精巧典雅的居室：镜头由室外逐渐移到室内，透过门前的『阑干』、挡门的『绣帘』、门内一个『画折枝』的猩色屏风等一道道阻障，聚影在那张铺着龙须草席和织锦被褥的八尺大床上。房间这种『深而曲』的结构，明确地告诉读者，这是一位富家少妇的卧房。

除了结构和布局，最吸引读者眼球的，还有它那光怪陆离、缤纷夺目的色调：翠绿的栏槛，猩红的画屏，帘栊上的彩绣，华丽的被面，共同烘托出一种甜蜜温馨的气氛，不仅显示出卧室的华美，也为主人公生发出缠绵的情思提供了恰当的氛围。

纵观整首诗，主人公始终不曾正面出现，她在做什么、想什么也没有提及。但猩红的画屏上雕绘着的折枝图，却很容易让人想起『花开堪折直须折，莫待无花空折枝』的诗句。面对这样的画面，主人公会不会将画中的鲜花与自己联系起来，从而发出青春易逝、韶华白头的感叹呢？况且此时又到了换季的时候，门帘轻垂，竹席上加了被褥，说明夏日已过，秋凉方降。诗末明确点出『已凉天气未寒时』，绝非无心之笔。此情此景最容易让人生出光阴似箭的感慨，而主人公的心情会不会也如波涛般起伏不定呢？事实上，折枝图、竹席再加上锦褥，已经很明显地暗示出主人公百无聊赖的寂寞生活以及对爱情的渴盼了。

本诗无一字提及『情』，无一句触及『人』，纯粹依靠环境描写来暗示人物心情、烘托人物情思，似这般笔意曲妙、构思奇特、委婉蕴藉的情诗，在唐诗中是难得一见的，也因此令人回味无穷，传诵至今。

## 马嵬坡

郑畋

**玄宗回马杨妃死①，云雨难忘日月新②。终是圣明天子事，景阳宫井又何人③。**

【注释】

①回马：指唐玄宗由蜀中回长安。②云雨句：意谓玄宗、贵妃之间的恩爱虽难忘却，而战乱已平，国家有中兴之望。③景阳宫井：亡国之君陈后主闻隋兵至，携宠妃张丽华到景阳宫井中躲藏。

【赏析】

这是一篇咏史佳作。唐玄宗天宝十五载（756年）六月，安史叛军攻占潼关，长安危在旦夕，玄宗仓皇西逃入蜀，途经马嵬坡（位于今陕西省兴平市西）时，六军哗变，杀奸相杨国忠，迫使玄宗赐贵妃杨玉环自缢，史称马嵬坡事变，这是本诗的历史背景。诗的首句中，『玄宗回马』指安史之乱平定，东京洛阳和西京长安收复后，已成为太上皇的唐玄宗从蜀地返回长安。当时距『杨妃死』已有多年，诗人两下并提，意在暗示玄宗得以返回长安，是以牺牲杨贵妃为代价的，可谓含义深远。唐玄宗的确是靠着牺牲杨贵妃暂时扭转局势，但一直到死，他都没能从此事造成的痛苦中解脱出来。尽管等到了『日月新』，他依然对杨贵妃念念不忘，所以诗人在此用了『云雨难忘』一词。『云雨难忘』与『日月新』合为一句，体现了玄宗矛盾复杂的心情。

诗的后两句可说是耐人寻味。『终是圣明天子事』，有人说这是在称赞玄宗临危之际，以大局为重，果断赐死杨贵妃，缓和了局面，所以堪称『圣明』，但按照第四句『景阳宫井又何人』推测，好像又并非如此。第四句引用了陈后主的旧事。当年，隋兵攻进陈都金陵，陈后主和其宠妃张丽华躲在景阳宫井内，最终未能幸免，沦为了阶下囚。唐玄宗与杨贵妃、陈后主与张丽华，同是帝妃情事，又都曾共同面临兵戈之祸，很有可比性。玄宗没有如陈后主一般落魄，的确是件幸事，但说到『圣明』，也仅仅是比陈后主略微强些。第三句以『圣明』一词将唐玄宗大大称赞一番，第四句却用著名的亡国之君陈后主来作比，其中的嘲讽之意，令人玩味。

那么，可以说诗人对玄宗只有讽刺、毫无同情吗？也不尽然。唐人曾将杨贵妃的死归咎于玄宗的无情无义，而本诗『云雨难忘』等语又表达了玄宗并未忘情之意，所以也可以说，『终是圣明天子事』一句隐含着希望人们体谅玄宗的意味。

清代学者吴乔在《围炉诗话》说：『古人咏史但叙事而不出己意，则史也，非诗也；出己意、发议论而斧凿铮铮，又落宋人之病；用意隐然，最为得体。』本诗对玄宗有婉讽，又隐含体谅之意，可谓既『出己意』又『用意隐然』，不愧为一首杰出的咏史诗。

## 金陵图

韦庄

**江雨霏霏江草齐，六朝如梦鸟空啼①。无情最是台城柳②，依旧烟笼十里堤。**

【注释】

①六朝：指建都于金陵（今南京）的吴、东晋、宋、齐、梁、陈六个朝代。②台城：六朝宫城，又名苑城。

【赏析】

金陵为六朝建都所在，六朝更迭，如云聚云散，频繁而无常，故后人诗歌凡咏金陵者，多提及六朝，凡提及六朝者，又多抒发兴亡之感。此诗也是吟咏兴亡，所不同者，诗中重墨写柳之无情，以其见证人世变迁而无动于衷、空自繁茂来衬托人之有情，抒发诗人对于世事如梦似烟的感慨。

## 陇西行

陈陶

**誓扫匈奴不顾身，五千貂锦丧胡尘①。可怜无定河边骨②，犹是春闺梦里人。**

【注释】

①貂（diāo）锦：汉羽林军着貂裘锦衣。此处指出征将士。②无定河：黄河中游支流，因流急且深浅不

定而得名。

【赏析】

陈陶的《陇西行》共有四首，本诗为第二首，是唐代边塞诗中的名篇。这首诗歌颂了边关将士舍生忘死的精神，同时也反映了战争给百姓造成的苦难，抒发了诗人对阵亡将士家属的深切同情。

诗的前两句以精练概括的语言，描述了慷慨悲壮的激战场面：唐军奋勇杀敌，勇往直前，结果五千将士全部为国捐躯。首句中的『誓扫』与『不顾身』表现了唐军将士忠勇敢战的气概和献身精神。次句，诗人笔锋急转，道出了战争的结果：五千将士全部丧生『胡尘』。三四句，诗人笔锋再转，道出主题：『可怜无定河边骨，犹是春闺梦里人。』这两句没有正面描写战场上的凄惨场面，也没有直接描述将士家属的悲痛欲绝，而是独出心裁，将『河边骨』和『春闺梦』联系起来，写将士远在家乡的妻子不知丈夫已经殉国、化为白骨，夜里仍梦见与其相聚，从而产生了一种震人心魄的悲剧力量。

全诗虚实相对，用意工妙，含义深刻，感人至深，反映了唐代战乱不断带给人民的痛苦和灾难，表达出强烈的反战情绪。

## 寄人

张泌

别梦依依到谢家①，小廊回合曲阑斜。多情只有春庭月，犹为离人照落花。

【注释】

①谢家：唐诗中常以谢娘称自己所喜爱的女子。

【赏析】

这是一首诗人与情人别后的寄怀诗。诗人通过对梦中景色及梦醒后宁静清幽月色的描写，寓情于景，抒写了对心上人的思念和深情。以诗代柬，来表达自己心里要说的话，这是古代常有的事。这首题为《寄人》的诗，就是用来代替一封信的。

从这首诗深情婉转的内容来看，诗人曾与一女子相爱，后来却分手了。然而诗人对她始终没有忘怀。在封建宗法社会的『礼教』阻隔下，诗人不能直截痛快地倾吐衷肠，只好借用诗的形式，曲折而又隐约地加以表达，希望她到底能够了解自己。这是题为《寄人》的原因。

本诗从叙述一个梦境开篇。前两句，诗人写了自己入梦之由与梦中所见之景，向对方表明自己思忆之深。『谢家』代指女子的家。大概诗人曾经在女子家中住过，或者在她家里和她见过面。曲径回廊，原本是他们当年旧游或定情的地方。所以诗人进入梦境以后，便迷迷糊糊地来到了她的家里。只见眼前的一切还和以前一模一样：院子里的小廊回环，栏杆弯曲横斜。可是，偏偏自己所思之人不见了。诗人四处寻找，依然不见她的踪影，他的梦魂便在院子里失望地徘徊着，连他自己都不知该如何走出这难堪的梦境。一个『梦』字说明此景为虚写，同时也为本诗增添了几分凄婉的色彩。『依依』二字用得极妙，将主人公那种小心翼翼又情意绵绵的情状刻画得活灵活现。

既然找不到想见的人儿，那院子里还剩下些什么呢？于是诗人在后两句写道：多情的明月依旧挂在天空，它那幽冷的清光照在地面片片落花上，反射出一片惨淡之色。明月、落花在文人渲染离情的诗句里经常可以看到，在这里，诗人将哀怨的感情寄托在明月和落花之中，暗含了诗人对心上人鱼沉雁杳的埋怨。『花』

虽然已经落了，然而，天上的明月依旧多情，诗人言外之意是希望和心上人一通音讯。据说，当诗人把这首诗寄给心爱的女子时，她泪流不止。

本诗创造的艺术形象鲜明准确，含蓄深厚。诗人表达了内心深沉曲折的情感，不直接抒情，却寓情于景；不需要更多的语言，一切尽在不言中。这种含蓄的写法使本诗更具有动人心弦的强大力量。

## 杂诗

无名氏

**近寒食雨草萋萋，著麦苗风柳映堤①。等是有家归未得②，杜鹃休向耳边啼。**

【注释】

①著：吹入。②等是：同是。

【赏析】

临近寒食，雨雾蒙蒙，春草萋萋，和风吹拂着青青的麦田，杨柳掩映着长长的河堤。作者于异乡雨中独行，心中满是有家而不能回的凄凉与落寞，所以当杜鹃鸟『不如归去』『不如归去』地鸣唱起来的时候，引出的是他『杜鹃休向耳边啼』的牢骚。本诗写景寄情，景色柔美，情真意切。

# 七绝乐府

## 秋夜曲

王维

桂魄初生秋露微①，轻罗已薄未更衣。银筝夜久殷勤弄，心怯空房不忍归。

【注释】

①桂魄：月亮的别称，相传月中有桂树，故名。

【赏析】

本诗是一首婉转含蓄的闺怨诗，语言委婉，情感细腻，着意描写寒意萧瑟的秋夜，女子深夜弹筝怕回空房的情景，抒写了女主人公的寂寞哀怨之情。《秋夜曲》，属乐府《杂曲歌辞》。

纵观全诗，前三句实际上在不断地为读者制造疑问，第一句『桂魄初生秋露微』，秋月已经升起，到了入夜之时，主人公为何还不回房？第二句『轻罗已薄未更衣』的疑问前文已经交代；第三句『银筝夜久殷勤弄』，弹筝已经很久，主人公为何还不回房？三个疑问，层层推进，其实只有一个答案：『心怯空房不忍归。』此种心境，引用蘅塘退士的一句话概括，至为精当：『貌似热闹，心实凄凉。』

本诗并非王维的代表作，但全诗语言清丽淡雅、宁静致远，在浅吟低唱中给人以美的享受，的确担得起苏轼对王维诗作的评价：『诗中有画。』

# 渭城曲

王维

渭城朝雨浥轻尘①，客舍青青柳色新。劝君更尽一杯酒，西出阳关无故人②。

【注释】

①浥：润湿。②阳关：在今甘肃敦煌西南，与玉门关一南一北，均为通西域的要隘。

【赏析】

这是一首送别友人的名作，写诗人送别友人出使安西的情景，表现了诗人家乡的风光美好、人情淳朴和诗人对故人的深厚情谊，抒写了诗人与故人惜别的怅惘感伤之情。本诗流传很广，被谱入乐曲《阳关三叠》，成为千古绝唱。题一作《渭城曲》。安西，是唐中央政府为统辖西域地区而在龟兹城设立的安西都护府的简称，治所在今新疆库车县境。唐代时，从长安往西去，都要在渭城这里送别。渭城即秦都咸阳故城，在长安西北，渭水北岸。

诗的开头两句交代了诗人和友人分别的时间、地点和环境氛围：清晨，渭城旅舍；自东向西延伸、一望无际的驿道；驿道两旁、旅舍四周的柳树……这一切本是平淡无奇的景观，在这首诗中出现却令人顿觉风光如画、抒情意味极浓。寻其缘由，大概是因为『朝雨』在这里起了非常关键的作用。这场雨很小，仅仅能打湿尘土。此处西去的大路，往日车马飞奔，总是尘烟四起，今天却因这场『朝雨』显得干净、清新。

三、四两句语意连贯，将一个最普通的送别场面写得非常感人。临别在即，千言万语却无从说起，无言的沉默只能令人更加伤感，因此诗人『劝君更尽一杯酒，西出阳关无故人（再干了这杯吧，出了阳关，可就再难见到老朋友了）』，企图打破这种沉默，也表达了他对朋友的深情厚谊。这『一杯酒』融入了诗人的全部感情，不仅有依依惜别的不舍，也有对友人即将面临处境的担忧，更有希望友人一路珍重的美好祝愿。

总之，本诗语短情长，风流蕴藉，诚挚的惜别之情更使它适合于许多饯行宴席，因此后来被编入乐府，成为传唱不衰的名曲。

## 凉州词

王之涣

**黄河远上白云间，一片孤城万仞山。羌笛何须怨杨柳①，春风不度玉门关。**

【注释】

①杨柳：指乐府横吹曲《折杨柳》。

【赏析】

前二句尺幅万里，极写塞外山河气势，将群山之苍茫迥拔，黄河之绵长透迤，由东至西，由低至高，逆笔绘出，其间更加孤城一座，俯视四野，雄浑苍凉之气浮于纸面。后二句借埋怨呜咽羌笛无须再奏凄怆《杨柳》，陈述千载难解玉关之情，尽寓世世征人悲苦，代代胡汉恩怨，读罢让人悱恻伤怀。

## 清平调（其一）

李白

**云想衣裳花想容，春风拂槛露华浓①。若非群玉山头见，会向瑶台月下逢②。**

【注释】

①槛：栏杆。②会：应是。瑶台：与前面的群玉山都是传说中西王母的居处。

## 清平调（其二） 李白

一枝红艳露凝香，云雨巫山枉断肠①。借问汉宫谁得似，可怜飞燕倚新妆②。

【注释】

①云雨巫山：用巫山神女会楚王典。此处是指有杨贵妃在侧，即便是巫山神女也无法吸引君王的视线。

②倚：倚仗。

## 清平调（其三） 李白

名花倾国两相欢，常得君王带笑看。解释春风无限恨①，沉香亭北倚阑干。

【注释】

①解释：消释。

【赏析】

这三首诗都是李白在长安做翰林时所写的，是诗人在长安期间创作的流传最广、知名度最高的诗歌。

据说，唐朝兴庆宫东面的沉香亭畔，栽种有不少名贵的牡丹，到了花开时节，紫红，浅红，全白，各色相间，煞是好看。天宝三载春天的一日，唐玄宗和杨贵妃一同前往赏花，戏子正准备表演歌舞以助兴。唐玄宗却说：『赏名花，对妃子，岂可用旧日乐词』，于是急召翰林学士李白进宫，创作新词。李白进得宫来，在金花笺上写了三首《清平调》诗送上。在三首诗中，李白把牡丹与杨贵妃交融在一起写，花即是人，人即是花，人面花光浑融一片，共沐皇恩。唐玄宗看了十分满意，当即重赏了李白。第一首以牡丹比贵妃，歌咏她的美艳。『云想衣裳花想容』一句，将贵妃的衣服比作云霞，将容貌比作花朵，将杨贵妃的美丽形象地描绘了出来。『春风拂槛露华浓』一句用『露华浓』来形容花容，充实上句，同时将君王的恩泽比作雨露，表现人与花皆受宠幸。下面，诗人开始调动丰富的想象力，飞升至西王母住的群玉山瑶台。诗人故意用『若非』和『会向』两个词来表示一种选择的意味，但表达的却是非常肯定的意思：美丽的花色、美丽的容貌都如此超凡脱俗，看来也只能在仙境中才能见到吧！

第二首运用典故，以牡丹带露比贵妃得宠。『一枝红艳露凝香』一句，从字面上看来似乎是在写牡丹的颜色和牡丹的香味，但仔细品味后，不难体会，李白仍是想借花写人，写贵妃自身之美，以及她承恩露之美。『云雨巫山枉断肠』一句，借用楚襄王的故事，将第一句的花比作人，写使楚王断肠的梦中仙女，根本就比不上面前的美人。三、四句写汉成帝的皇后赵飞燕即使扮上新妆，也无法和不施粉黛的杨贵妃相比。

第三首回归现实，总承一、二两首，写尽牡丹、贵妃与君王。『名花倾国两相欢』一句，用『两相欢』将牡丹和『倾国』美人联系在一起，诗歌写到此处，才正面点出『倾国』的美人正是杨贵妃。『常得君王带笑看』一句中的『带笑看』，将牡丹、杨贵妃和唐玄宗三者融合在一起。这样写，既能讨得贵妃的喜爱，也能博得君王的欢心。由此引出第三句『解释春风无限恨』，此句显得水到渠成、顺理成章。最后，诗人通过『沉香亭北倚阑干』一句，巧妙地点出了唐玄宗和杨贵妃是在沉香亭北观赏牡丹的。

这组诗构思精巧，辞藻艳丽，句句金玉，字字流葩，而最突出的是将花与人浑融在一起写，人花交映，迷离恍惚，无怪乎深为玄宗欣赏。诗中『云想衣裳花想容』等都是清新自然的佳句。

# 长信怨

王昌龄

奉帚平明金殿开[1]，暂将团扇共徘徊。玉颜不及寒鸦色，犹带昭阳日影来[2]。

【注释】

①奉帚：手持扫帚。②昭阳：赵合德所居之昭阳宫。

【赏析】

本诗是诗人《长信秋词》五首之一，借描写汉代班婕妤失宠被贬长信宫的故事，以汉喻唐，表现了唐代被遗弃失宠宫女的幽怨之情。汉成帝时，班婕妤美而善文，起先很受成帝宠爱，可是后来成帝转而宠幸赵飞燕、赵合德姐妹，班婕妤为避赵氏姐妹妒害，随即恳请前往长信宫内侍奉太后，度过寂寞一生。古乐府歌辞中有一篇《怨歌行》（又名《团扇诗》），据传为班婕妤所写，其辞为：『新裂齐纨素，皎洁如霜雪。裁为合欢扇，团团似明月。出入君怀袖，动摇微风发。常恐秋节至，凉飚夺炎热。弃捐箧笥中，恩情中道绝。』本诗中，班婕妤以不复使用的团扇来比喻失去君王宠爱的女子，以委婉的方式表达了内心深沉的怨愤。长信怨：一作《长信秋词》。长信：汉宫殿名。

诗的前两句描述的是班婕妤日常侍奉太后的事。天刚蒙蒙亮，金銮大殿开启之时，就是每日死板的打扫生活的开始，足见班婕妤日常生活之单调无味。闲暇时刻，她只能借手中之团扇徘徊踱步，求得片刻的安宁与思索的空间。也唯有此扇可以徘徊与共，分担其失宠的悲切命运。班婕妤孤寂无聊的心情在此展示得淋漓尽致。

后两句仍然借用班婕妤的故事，通过比喻和对比展现了一个失宠宫女内心的忧怨愤懑之情。寒鸦尚且可以自由飞翔于昭阳殿上空，分享皇帝恩德，而今处幽冷深宫之人却不及它——空有玲珑秀美的容颜，却只能无奈地在冷宫深处空耗似水年华。相形对比之下，更见宫人命运之悲。三、四句借寒鸦、日影为喻，想象奇特，设喻巧妙，素为人称赏。李瑛《诗法易简录》说：『不得承恩意，直说便无味，借「寒鸦」「日影」为喻，命意既新，措辞更曲。』

全诗构思奇特，怨意悠远。

## 出塞

王昌龄

**秦时明月汉时关，万里长征人未还。但使龙城飞将在①，不教胡马度阴山。**

【注释】

①但使：只要。龙城：在今河北省喜峰口一带，为汉代右北平郡所在地。汉武帝曾用李广为右北平太守。匈奴闻之，数年不敢来犯。龙城飞将：指西汉名将李广，匈奴称之为『汉之飞将军』。

【赏析】

这是一首著名的边塞诗，表达了诗人希望统治者起用良将，平定边塞战事，早日使百姓安居乐业的愿望。

《出塞》本是乐府《横吹曲辞》的旧题，原诗二首，此为第一首。

诗的首句『秦时明月汉时关』从写景入手，勾勒出一幅冷月照边关的苍茫景色。本句使用了『互文』的修辞手法，不能从字面上理解为『秦时的明月汉时的关』。理解此句时，要把『秦时明月』『汉时关』的意思互相补充，简单来说就是『秦汉时的明月，秦汉时的关』。诗人要表达的意思是自秦汉以来，边关一直战乱不断，体现了时间的久远。第二句『万里长征人未还』，『万里』指边关和内地的距离，此是虚指，运用了夸张的手法。而『人未还』一语则令人联想到战争的残酷以及百姓承受的灾难，表达了诗人的无限愤慨之情。皎洁的月光和巍峨的边关，既引人感叹那自古以来就不曾停止的战争，又是古往今来的将士们驰骋疆场、奋勇杀敌的历史见证。

三、四句『但使龙城飞将在，不教胡马度阴山』，可见诗人将拯救苍生的希望寄托在良将身上。『龙城飞将』指汉武帝时功勋卓著的飞将军李广，但在此处却并不仅仅指李广，而是代指汉朝众多的抗匈名将。『不教』，意思是说不允许；『胡马』，代指入侵的外敌；『度阴山』，即越过阴山。阴山是我国北方东西走向的大山脉，汉代时为北方边地的天然屏障。这两句诗的意思是：『假设当年威震匈奴的飞将军李广尚在人间，绝不会允许外敌越过阴山』，诗意含蓄，表达巧妙。诗人将汉将抵御匈奴的历史与现实联系起来，就是希望边关有『不教胡马度阴山』的『龙城飞将』，以结束『万里长征人未还』的世世代代的悲剧。其实，这不仅是诗人的愿望，更是受尽战乱之苦的百姓的共同愿望。

本诗声调高亢，气势雄浑被誉为唐代七绝诗的压卷之作，千古流传。

## 金缕衣　杜秋娘

**劝君莫惜金缕衣，劝君惜取少年时。花开堪折直须折①，莫待无花空折枝。**

【注释】

①直须：就须。

【赏析】

这首诗歌流行于中唐时期。诗以浅近的语言、形象的比喻，劝告人们不要追求荣华富贵，而要爱惜光阴，珍惜青春。全诗富有哲理性，含义深远。具体诗人是谁已不可考，有的唐诗选本将其作者直接注为杜秋娘。据记载，杜秋娘是金陵人，十五岁成为李锜之妾，后因李锜谋反被送入宫中，得到宪宗宠爱。后穆宗即位，封她为皇子傅母。皇子被废后，她回到故里，穷困凄苦，无依无靠。金缕衣，当属唐代乐府新题。

一、二句句式相同，都以『劝君』开始。『惜』字两次出现，但第一句是『劝君莫惜』，第二句是『劝君惜取』，形成重复中的鲜明对比。『金缕衣』是华贵之物，诗人却『劝君莫惜』，可见还有比它更珍贵的东西，那就是『少年时』。因此诗人『劝君惜取少年时』。诗人一劝再劝君，使用对白，情意殷切。第一句否定，第二句肯定，否定第一句是为了肯定第二句，这种写法使诗歌形成了一个反复咏叹的过程，使诗歌的旋律和节奏曲折缓慢，既体现了歌曲的韵律美，又展现了楚楚动人的风韵。

三、四句构成第二次反复和咏叹，还是强调莫负好时光。

从句式来看，三、四句与一、二句类似，但在表现手法上又有所差异。一、二句直抒胸臆，三、四句却用了譬喻的方式，重复之中变化可见。三、四句不似一、二句那般句式整齐，但含义是彼此呼应恰到好处的。第三句劝告对方『有花』时应如何做，第四句假设『无花』时的后果。另外诗人又以『须』字和『莫』字对立，使两句话的意思紧密地联系起来。『花开堪折直须折』从正面劝告人们珍惜光阴、及时行乐；『莫待无花空折枝』从反面说不能珍惜时光的后果，再次表达同样的意思。这两句可以看作『劝君』的继续，但语调却由缓慢变得急促、激烈，力度很强。『花』字出现两次，『折』字竟然出现了三次，形成了一种回文式的美感。诗句大胆表达了对快乐的追求、对青春的热爱，热情真挚、豪放直率，令人深受感染。此外，一系列的字与字的重叠、句与句的反复，更使得诗歌朗朗上口，充满韵律美，含义也愈加显得悠远绵长。

# 宋词

唐五代词

## 菩萨蛮

李白

平林漠漠烟如织①，寒山一带伤心碧。暝色入高楼②，有人楼上愁。

玉阶空伫立③，宿鸟归飞急。何处是归程？长亭更短亭④。

【注释】

①平林：林树远望齐平之貌。②暝（míng）色：暮色。③伫（zhù）立：长时间地站着。④更：连续，连接。

【赏析】

词写思归之情。黄昏时分，作者伫立于高楼之上，眼前是一片苍茫暮色。平林、寒山、烟霭交织在一起，构成了一幅清冷凄迷的画面。见鸟儿归飞甚急，他心头泛起天涯游子的悲凉：鸟儿尚能归巢，而我的客居生活却不知何日结束；通往家乡的道路，长亭连接着短亭，漫长得望也望不到尽头！

## 忆秦娥

李白

箫声咽①，秦娥梦断秦楼月。秦楼月。年年柳色，灞陵伤别②。

乐游原上清秋节③，咸阳古道音尘绝④。音尘绝。西风残照，汉家陵阙。

【注释】

①箫声咽：《列仙传》：『箫史者，秦穆公时人也。善吹箫，能致孔雀、白鹤于庭。穆公有女字弄玉，好之，公遂妻焉。日教弄玉作凤鸣，居数年，吹似凤声，凤凰来止其屋。公为作凤台，夫妇止其上，不下数年，一日皆随凤凰飞去。』②灞陵：即『霸陵』，因汉文帝葬于此而得名，为唐人送别之处。③乐游原：在今陕西西安市南，是唐代的登游胜地。④咸阳古道：唐时从长安西去，咸阳为必经之地。音尘绝：音信断绝。

【赏析】

箫声呜咽，扰断秦娥梦境，她醒来看到月色朦胧。

多少次月下怀想，年年的杨柳枯荣，当年与恋人在灞陵分别的情景还历历在目。只是清秋节里，乐游原的胜景如今只能自己一人前去游赏，只是自从分别，迎来送往的咸阳古道便再没有传来他的消息。

音信全无，但苦盼依旧，西风残照中，汉家陵园外，是女子独自守候的身影。

## 秋风清

李白

**秋风清，秋月明。落叶聚还散，寒鸦栖复惊。相思相见知何日，此时此夜难为情！**

【赏析】

秋风清，秋月明，独自静默怀远，词中人不胜伤怀。

落叶随风，聚而又散，乌鸦鸣寒，栖而复惊。别离以后，时常怅问的是『思念你，但不知何时才能再见你』；此时此夜，暗自叹息的是秋月秋风下，愈浓的思念让我难以为情。

## 渔歌子

张志和

西塞山前白鹭飞①，桃花流水鳜鱼肥②。青箬笠，绿蓑衣，斜风细雨不须归。

【注释】

①西塞山：即道士矶，在湖北大冶县长江边。②鳜(guì)鱼：俗名花鲫鱼，亦称『桂鱼』。

【赏析】

西塞山前悠闲地飞翔着几只白鹭，西塞山下桃花含笑，春江水涨，鳜鱼正肥。如果是晴天前往自可感受春之明丽，如果赶上丝丝细雨，便可戴起青箬笠，披上绿蓑衣，在斜风细雨中闲支钓竿，感受春的温柔。

这首小令是渔歌，写的是渔隐之乐，轻轻数语，不但写尽春意美景，更写出作者恬和淡雅的情怀。

## 调笑令

戴叔伦

边草，边草，边草尽来兵老。山南山北雪晴，千里万里月明。明月，明月，胡笳一声愁绝①。

【注释】

①胡笳：古代北方民族的一种吹奏乐器，似笛。

【赏析】

词写一位戍边老兵思乡的悲苦：边塞的野草啊，边塞的野草！当你葱郁的生命即将枯萎时，我这久戍的士兵也熬老了。这里山南山北都被茫茫白雪覆盖，凄清，洁净；每当千里万里同看一轮明月升起，我便对着它思念我的故乡。明月啊，明月，悲凉的胡笳声响起，我就会十分忧伤，愁绪满怀。